THE BABY-SITTERS CLUB

ベビーシッターズ・クラブ

クラウディア、なりたい私《わたし》になる！

アン・M・マーティン 作
山本祐美子 訳
くろでこ 絵

この本《ほん》を、感謝《かんしゃ》とともに

ブレンダ・ボウエンと

ジーン・フェイウェルに捧《ささ》げます。

もくじ

クラブのメンバー

登《とう》場《じょう》人《じん》物《ぶつ》紹《しょう》介《かい》

クラウディア・キシ

ミドルスクールに通《かよ》う12才《さい》。アートとおしゃれが大好《だいす》き。勉《べん》強《きょう》はちょっと苦手《にがて》

クリスティ・アマンダ・トーマス

クラウディアのおさななじみ。思《おも》ったことをすぐ口《くち》に出《だ》してしまう性格《せいかく》

ベビー・シッターとは

親《おや》などにかわって小《ちい》さい子《こ》のめんどうを見《み》る人《ひと》のこと。アメリカでは、学《がく》生《せい》がアルバイトとして行《おこな》うことも多《おお》い

ベビー・シッターズ・

ミミ

クラウディアと

ジャニーンのおばあちゃん

ジャニーン

クラウディアの姉《あね》。15才《さい》

トレヴァー・
サンドボーン

クラウディアの同級生《どうきゅうせい》。

もの静《しず》か

アラン・
グレイ

クラウディアの同級生《どうきゅうせい》。

クリスティとは犬猿《けんえん》の仲《なか》

メアリー・アン
スピア

クラウディアのおさななじみ。人見知《ひとみし》りだけど、なかよしの子《こ》の前《まえ》ではおしゃべりになる

ステイシー・
マッギル

ニューヨークからの転《てん》校生《こうせい》。おしゃれで大人《おとな》っぽい。クリスティの兄《あに》・サムのことが好《す》き

1 雨《あめ》の夜《よる》のすごし方《かた》

私《わたし》、クラウディア。ストーニーブルック・ミドルスクール*に通《かよ》う七年生《ねんせい》*。

これからたいくつな宿題《しゅくだい》をやっつけようとしているところ。

だけど、窓《まど》の外《そと》が気《き》になっちゃう。やみそうもない雨《あめ》に、ふきすさぶ風《かぜ》。あつい雨雲《あまぐも》が月《つき》の光《ひかり》をすっぽりおおいかくして、空《そら》はどんよりと暗《くら》い。

こんな夜《よる》にすることといえば、このふたつ以外《いがい》考《かんが》えられない。

その一、机《つくえ》にかくしておいたリコリススティックを食《た》べながら、『パインヒルの亡霊《ぼうれい》』を読《よ》むこと。少女探偵《しょうじょたんてい》ナンシー・ドルーが活《かつ》やくするこわーいミステリー小説《しょうせつ》なんだよ。私《わたし》、大好《だいす》きなんだ。

その二、気《き》になる男《おとこ》の子《こ》、トレヴァー・サンドボーンのことを考《かんが》えながらアート教室《きょうしつ》の課題《かだい》の静物画《せいぶつが》をかくこと。

なのにパパったら「ダメだ。宿題《しゅくだい》が先《さき》だぞ、クラウディア」なんて言《い》うんだよ。

私《わたし》は、パパに何《なに》も言《い》いかえせない。だってママとパパと約束《やくそく》をしたから。

それはね、毎晩《まいばん》家族《かぞく》のだれかに見《み》てもらいながら、宿題《しゅくだい》を全部《ぜんぶ》やるっていう約束《やくそく》。

この約束《やくそく》を守《まも》る代《か》わりに、大事《だいじ》なふたつのことを続《つづ》けるおゆるしをもらったんだ。ひとつは、アート教室《きょうしつ》に通《かよ》いつづけること。

そしてもうひとつ、いちばん大事《だいじ》なのは、ベビー・シッターズ・クラブを続《つづ》けるってこと！

ベビー・シッターズ・クラブは今《いま》から少《すこ》し前《まえ》、私《わたし》たちが七年生《ねんせい》になったばかりのころ、友《とも》だちのクリスティ・トーマスのアイデアで始《はじ》まったクラブなんだ。

通《とお》りをはさんだお向《む》かいに住《す》むクリスティ、そのとなりに住《す》むクリスティの親友《しんゆう》メアリー・アン・スピア、

＊ミドルスクール：日本《にほん》の中学校《ちゅうがっこう》にあたる学校《がっこう》。一般的《いっぱんてき》に、六〜八年生《ねんせい》が通《かよ》う
＊七年生《ねんせい》：十三才《さい》になる年度《ねんど》の学年《がくねん》。新学期《しんがっき》は九月《がつ》から始《はじ》まる

それから私《わたし》クラウディア・キシの三人《にん》はおさななじみなの。三人《にん》ともベビー・シッターの経験《けいけん》が豊富《ほうふ》なんだ。

クリスティのアイデアっていうのは、私《わたし》たち三人《にん》がベビー・シッターのクラブを作《つく》って協力《きょうりょく》しあうっていうもの。転校生《てんこうせい》のステイシー・マッギルもさそって、私《わたし》たちは四人《にん》で活動《かつどう》を始《はじ》めた。自分《じぶん》たちでクラブの宣伝《せんでん》もして、シッター代《だい》をもらっている。ちょっとしたビジネスっていう感《かん》じかな。

ベビー・シッターズ・クラブは、すごくうまくいっている。お客《きゃく》さんからの依《い》頼《らい》が絶《た》えないし、メンバーそれぞれの仕事《しごと》の量《りょう》はクラブの立《た》ち上《あ》げ前《まえ》よりもふえているんだよ。

でもね実《じつ》は私《わたし》、前《まえ》に学校《がっこう》から送《おく》られてきた手紙《てがみ》のせいで、クラブをやめさせられそうになったことがあるんだ。両親《りょうしん》あてのその手紙《てがみ》には、私《わたし》が勉強《べんきょう》で実力《じつりょく》を出《だ》しきれていない、みたいなことが書《か》かれていた。

こういう手紙《てがみ》をもらうのは初《はじ》めてじゃないから、うちの両親《りょうしん》にとってはおどろくようなことじゃない。

でも、七年生《ねんせい》になってから私《わたし》がほとんど宿題《しゅくだい》を提出《ていしゅつ》していないっていう内容《ないよう》に、ママとパパはびっくりしちゃったみたい。ふたりはカンカンにおこっていた。

宿題《しゅくだい》をまじめにやったことなんて、ほとんどないよ。だって宿題《しゅくだい》ってつまんないんだもん。それに、やってもムダだし。

「x《エックス》」の値《あたい》がどうとか興味《きょうみ》ないよ。「x《エックス》」の値《あたい》なんて、いっつもちがうんだから求《もと》める必要《ひつよう》ないよね？

学校《がっこう》の勉強《べんきょう》で唯一《ゆいいつ》好《す》きなのは、本《ほん》を読《よ》むこと。でも、国語《こくご》の授業《じゅぎょう》はたいくつ。私《わたし》は物語《ものがたり》に出《で》てくる探偵《たんてい》よりも、早《はや》く犯人《はんにん》を見《み》つけられるんだよ。こんなに物《もの》語《がたり》を理解《りかい》できているっていうのに、国語《こくご》の授業《じゅぎょう》では、そんなのどうでもいいみたい。

本《ほん》を楽《たの》しく読《よ》むことより、文法《ぶんぽう》を理解《りかい》することの方《ほう》が、先生《せんせい》たちにとっては大《だい》事《じ》なことなの。

私《わたし》が勉強《べんきょう》のことでこんなになやんじゃうのは、ジャニーンのせいなんだろうな。

ジャニーンっていうのは私《わたし》の十五才《さい》のお姉《ねえ》ちゃんで、IQ《アイキュー》一九六の正真正銘《しょうしんしょうめい》の天才《てんさい》だ。

先生《せんせい》や両親《りょうしん》は、「授業《じゅぎょう》をちゃんときいて集中《しゅうちゅう》して取《と》りくめば、クラウディアだっていい成績《せいせき》が取《と》れるはず」って言《い》うけど、そんなのどうでもいいよ。どっちみち、ジャニーンには勝《か》てないんだから。

天才《てんさい》の姉《あね》を持《も》つ気持《きも》ちは、だれにもわかりっこない（もちろん、天才《てんさい》の姉《あね》を持《も》つ人《ひと》をのぞいてっていう意味《いみ》ね）。

姉妹《しまい》なのにふだんの会話《かいわ》さえ、ままならないんだよ。

昨日《きのう》の朝《あさ》、私《わたし》が「ジャニーン、外《そと》は寒《さむ》いよ。ママが学校《がっこう》に行《い》く前《まえ》に窓《まど》をしめといてって言《い》ってる」って伝《つた》えたら、ジャニーンはなんて言《い》ったと思《おも》う？

「興味深《きょうみぶか》いわね。私《わたし》たちの社会《しゃかい》は自分《じぶん》の体《からだ》よりも、

部屋《へや》の温度《おんど》を温《あたた》めようとするのよ。そちらの方《ほう》がよりむずかしく、はるかに非効《ひこう》率的《りつてき》なのに。私《わたし》たちが冷暖房《れいだんぼう》を使《つか》って部屋《へや》の温度《おんど》を調節《ちょうせつ》するのに対《たい》して、原始時《げんしじ》代《だい》の人《ひと》びとや現代《げんだい》の他《ほか》の社会《しゃかい》に属《ぞく》する諸国民《しょこくみん》は、服《ふく》を脱《ぬ》ぎ着《き》することで体温《たいおん》を調《ちょう》節《せつ》しているっていうのにね」だってさ。なに言《い》ってるか、さっぱりわかんない。

それはともかく、今《いま》は宿題《しゅくだい》をしなきゃ。今日《きょう》はおばあちゃんのミミが宿題《しゅくだい》を見《み》てくれるんだ。

もちろん私《わたし》だって、宿題《しゅくだい》は自分《じぶん》でやろうと思《おも》っているんだよ。

でもね、私《わたし》ってば空想《くうそう》の世界《せかい》ににげこんだり、宿題《しゅくだい》をやりのこしちゃったり、指示《しじ》を無視《むし》したりしちゃうんだよね。

だから毎回《まいかい》、家族《かぞく》のだれかがそばで見守《みまも》ってくれてるの。問題《もんだい》がわからないときには質問《しつもん》もできるしね。

見守《みまも》り役《やく》は答《こた》えを教《おし》えないで、私《わたし》が問題《もんだい》を解《と》くのを見守《みまも》ることになっている。

でも、たまにジャニーンは答《こた》えを言《い》っちゃうんだ。

ジャニーンにとっては私《わたし》の宿題《しゅくだい》なんてたいくつで仕方《しかた》がないレベルだから、私《わたし》が問題《もんだい》につまずいて頭《あたま》をかかえるたびに「早《はや》く終《お》わるのなら、なんでもするわ」なんて言《い》って、答《こた》えを言《い》っちゃうんだよ。

はいはい、ごめんなさいって感《かん》じ。どうせ私《わたし》は、ジャニーンのやってるサンカクカンスウとかいう、レベルの高《たか》い数学《すうがく》にはついていけませんよ。世《よ》の中《なか》の人全《ひとぜん》員《いん》が学者《がくしゃ》になれるわけじゃないんだから。

その点《てん》、見守《みまも》り役《やく》にうってつけなのは私《わたし》のおばあちゃん、ミミなの。ミミはもの静《しず》かで口調《くちょう》もおだやかだし、根気《こんき》よく私《わたし》に付《つ》きあってくれる。

ミミは日本人《にほんじん》なんだ。それに、私《わたし》のママとパパもね。亡《な》くなったおじいちゃんとミミは、まだ小《ちい》さかったママを連《つ》れてアメリカへやってきた。パパも小《ちい》さいころに日本《にほん》からアメリカへやってきたの。

ママとパパはなまりのない英語《えいご》を話《はな》すけど、ミミのなまりのある心地《ここち》よいR《アール》の発音《はつおん》をきくと、私《わたし》は海《うみ》にうかぶ船《ふね》を思《おも》いうかべる。

ミミはね、それはもうていねいに、ていねいに接《せっ》してくれる。ひどいことを言《い》ったりなんて、絶対《ぜったい》にしない。

キッチンのいすにこしかけた私《わたし》は、社会科《しゃかいか》の教科書《きょうかしょ》を取《と》りだす。

すると、ミミが興味深《きょうみぶか》そうにきいてくる。

「これはなんの本《ほん》なの？」

ミミは本《ほん》が好《す》きなんだ。本《ほん》には人《ひと》びとの心《こころ》と命《いのち》が表現《ひょうげん》されているって、前《まえ》に話《はな》してくれたことがある。

「これは社会科《しゃかいか》の教科書《きょうかしょ》だよ。『工業地帯《こうぎょうちたい》の分布《ぶんぷ》について自分《じぶん》の意見《いけん》を書《か》く』っていう宿題《しゅくだい》なんだけど、意見《いけん》なんてないよ……。ミラー先生《せんせい》は、なんでこんな宿題《しゅくだい》を出《だ》すんだろう？」

「わからないわ、私《わたし》のかわいいクラウディア。でもこれが宿題《しゅくだい》だっていうのなら、先生《せんせい》の指示通《しじどお》りに書《か》かないとね」

「そうだよね……」

ほんと、ミミの言《い》う通《とお》りだ。数週間前《すうしゅうかんまえ》の私《わたし》なら、ひと言《こと》だけの解答《かいとう》ですますか、なんにもせずに放《ほう》っとくかのどちらかだったよ。だけど、アート教室《きょうしつ》とベビー・シッターズ・クラブのためだ。もうにげられない。

答《こた》えを書《か》きはじめた私《わたし》の横《よこ》で、ミミは私《わたし》の書《か》きまちがいを教《おし》えてくれたり、句《く》読点《とうてん》を確認《かくにん》するようアドバイスをくれたりした。

社会《しゃかい》の次《つぎ》に数学《すうがく》と国語《こくご》をやって、ようやく全部《ぜんぶ》の宿題《しゅくだい》が終《お》わる。ほっとしたのとたいくつだったのとで、ため息《いき》が出《で》ちゃった。

「さて、クラウディアは、このあとは何《なに》をするつもりかしら？」

「『パインヒルの亡霊《ぼうれい》』の続《つづ》きを読《よ》もうかな」

私《わたし》は、教科書《きょうかしょ》をかたづけながら答《こた》える。少女探偵《しょうじょたんてい》ナンシー・ドルーのシリーズを読《よ》んでいることは、家族《かぞく》の中《なか》ではミミしか知《し》らない。他《ほか》の家族《かぞく》にはだれにも言《い》ってないんだ。

だって、ママとパパはもっと大人《おとな》っぽい本《ほん》を読《よ》みなさいって言《い》いそうだし、ジャニーンはもっと価値《かち》のある本《ほん》を選《えら》びなさいって言《い》いそうなんだもん。

ジャニーンの言《い》う価値《かち》のある本《ほん》っていうのはね、ジャニーンがむさぼるように読《よ》んでいる『アメリカの社会的伝統《しゃかいてきでんとう》の起源《きげん》』みたいな本《ほん》のことなの。

ジャニーンったら、まるでこの機会《きかい》をのがしたら二度《ど》と読《よ》めなくなっちゃうみたいに、すごいいきおいで読《よ》んでいるんだから。

「『パインヒルの亡霊《ぼうれい》』は、どんなお話《はなし》なの?」

「それが、すっごくこわくてね……」

私《わたし》が話《はな》しはじめようとすると、ミミがこう言《い》ってきた。

「クラウディアは、こわい話《はなし》が好《す》きなのね」

「うん、まあね。好《す》きな方《ほう》だと思《おも》う。物語《ものがたり》の中《なか》だけってわかっていれば、おもしろいかな。ミミ、外《そと》を見《み》て。風《かぜ》で木《き》がゆれているし、雷《かみなり》が光《ひか》ってる。こわいミステリーを読《よ》むのにピッタリな夜《よる》だよ」

ミミはほほ笑《え》むと、何《なに》かに気《き》がついたように、こう言《い》った。

「こわいって言《い》えば……もうハロウィンの時期《じき》ねえ。あら、あと二、三週間《しゅうかん》しかないじゃない」

「そうだね。私《わたし》はもう『トリック・オア・トリート』なんて言《い》って、おかしをもらえる年《とし》じゃないけど」

「じゃあドレスアップして、キャンディをわたす役《やく》を手伝《てつだ》ってちょうだい。おかしをもらいに行《い》くのと同《おな》じくらい楽《たの》しめるはずだよ」

ミミは、私《わたし》がどれだけドレスアップをするのが好《す》きか知《し》っている。おしゃれをすることは、私《わたし》にとってすごく大事《だいじ》なことなんだ。

服《ふく》って着《き》ている人《ひと》の内面《ないめん》を表《あらわ》していると思《おも》うの。それに、みんな毎日服《まいにちふく》を着《き》なきゃいけないんだから、どうせなら楽《たの》しい方《ほう》がいいでしょ？

昔《むかし》からある古風《こふう》な服《ふく》って、見《み》るのも着《き》るのもたいくつ。だから私《わたし》は、そういう服《ふく》を着《き》ないんだ。

明《あか》るい色《いろ》や大《おお》きな柄《がら》、おもしろい手《て》ざわりが好《す》きなの。鳥《とり》の羽根《はね》でできたピアスとかね。私《わたし》はアートが好《す》きだから、そういうものが好《す》きなのかも。

例《たと》えば、今日《きょう》私《わたし》が着《き》ている服《ふく》はこんな感《かん》じ。ひざ下丈《したたけ》のむらさき色《いろ》のパンツをサスペンダーでつって、タイツは白地《しろじ》に時計柄《とけいがら》。シャツと帽子《ぼうし》はむらさき色《いろ》のチェックでそろえて、そこにハイカットスニーカーとロブスターのピアスを合《あ》わせた完《かん》ぺきなコーディネート！　こういうスタイルは私《わたし》のトレードマークなんだ。

仮装《かそう》も大好《だいす》きだから、ミミの言《い》うように今年《ことし》は、おかしをわたす役《やく》として仮装《かそう》するのもいいかも。スマーフの仮装《かそう》なんてどうかな。青《あお》いメイクって楽《たの》しそう。

あれこれ考《かんが》えながら、自分《じぶん》の部屋《へや》へもどるため、いすから立《た》ちあがる。

「ミミ、手伝《てつだ》ってくれてありがとう。毎晩《まいばん》ミミが見守《みまも》り役《やく》だったらいいのに」

「そうね、クラウディア。でも交代《こうたい》で見守《みまも》り役《やく》をする方《ほう》がいいと思《おも》うわ。おばあちゃんにもいそがしい夜《よる》があるし、それにあなたのママとパパも見守《みまも》り役《やく》が好《す》きなのよ」

「……そうだね」

見守《みまも》り役《やく》が好《す》きだなんて、うそに決《き》まってる。じゃあ、なんでジャニーンも見《み》守《まも》り役《やく》なの？

私《わたし》の宿題《しゅくだい》がたいくつすぎて、みんな交代《こうたい》でしかやりたがらないからだよ。ミミでさえ、そう思《おも》ってる。見守《みまも》り役《やく》の人数《にんずう》が多《おお》ければ多《おお》いほど、順番《じゅんばん》が回《まわ》ってくる回数《かいすう》が少《すく》なくなるんだもん。

もやもやしたままキッチンを出《で》る。階段《かいだん》を半分《はんぶん》ほど上《あ》がったところで、私《わたし》はきびすを返《かえ》して階段《かいだん》をかけおりた。

「ミミ！」

ミミはいすにすわって、ぶあつい本《ほん》を開《ひら》いている。

「なあに、クラウディア？」

「今《いま》から、ミミの肖像画《しょうぞうが》をかかせてくれない？」

今学期《こんがっき》のアート教室《きょうしつ》の課題《かだい》は、静物画《せいぶつが》と肖像画《しょうぞうが》のふたつ。両方《りょうほう》とも油絵《あぶらえ》の課題《かだい》だ。

肖像画《しょうぞうが》のモデルは、ミミにたのもうって決《き》めていたのを思《おも》いだしたんだ。

「ダメかな？　三十分《ぷん》くらいで終《お》わると思《おも》うから」

「そのくらいなら大丈夫《だいじょうぶ》よ」

ミミは読《よ》みかけの本《ほん》に、ていねいにしおりをはさんでから、私《わたし》の後《うし》ろについて階段《かいだん》を上《あ》がる。

部屋《へや》に入《はい》って、ミミにはひじかけいすにすわってもらい、ミミがポーズをとる間《あいだ》、私《わたし》はイーゼルの高《たか》さを調節《ちょうせつ》した。ばっちり準備《じゅんび》ができたところで、いよいよスタート！

ミミをモデルに絵《え》をかくのは、これで三度目《どめ》。回数《かいすう》を重《かさ》ねるたびに、どんどん上達《じょうたつ》しているんだよ。

「ミミ」

しばらくかいてから、私《わたし》はミミに話《はな》しかけた。

「ミミの子《こ》どものころの話《はなし》をきかせて。日本《にほん》でくらしてたころの話《はなし》」

ミミはにっこりとほほ笑《え》んでから、これまで何度《なんど》もしてくれた話《はなし》を語《かた》りはじめた。

「今《いま》の私《わたし》たちにそっくりな家族《かぞく》だったのよ。両親《りょうしん》とお姉《ねえ》ちゃんとおじいちゃん——つまり、私《わたし》のお父《とう》さんのお父《とう》さんにあたる人《ひと》だね」

「ミミ」

どうしてもききたくなって、話《はなし》をさえぎっちゃった。

「ミミはお姉《ねえ》ちゃんと、なかがよかった？」

「ええ、良《よ》かったわ。姉《あね》と私《わたし》は友《とも》だちみたいになかよしだった。とても大切《たいせつ》な存《そん》在《ざい》だったの。いっしょに勉強《べんきょう》をしたり、遊《あそ》んだり。私《わたし》はいつも姉《あね》についてまわって、姉《あね》のやることをすべてまねようとしたの。そんな私《わたし》に姉《あね》は根気《こんき》よく付《つ》きあってくれた」

「ジャニーンと私《わたし》は、どうしてそんなふうになれないんだろう?」

キャンバスに向《む》かってまゆをひそめながら、私《わたし》はたずねる。

「なかよくなるには努力《どりょく》が必要《ひつよう》だよ」

ミミが静《しず》かに答《こた》える。

「なかよくなるためには、その人《ひと》といっしょにすごす時間《じかん》を作《つく》らなきゃ。いっしょに話《はな》して相手《あいて》を理解《りかい》しようとしなくちゃいけない。クリスティやメアリー・アンやステイシーとも、そうやってなかよくなったはずよ」

「でもジャニーンとは、まともに話《はなし》ができないんだもん。それに、ジャニーンが私《わたし》のために時間《じかん》を作《つく》ってくれたことなんてない。ほとんどね。宿題《しゅくだい》は手伝《てつだ》ってくれるけど、それはミミの言《い》うような時間《じかん》には当《あ》てはまらないよ」

「じゃあクラウディアはどうかしら？　お姉《ねえ》ちゃんのために時間《じかん》を作《つく》ってる？」

「……そんなには、作《つく》れてない」

ミミはやさしくほほ笑《え》んで、こう言《い》った。

「いつかきっと、なかよくなれるわよ」

私《わたし》がまた肖像画《しょうぞうが》の続《つづ》きにもどると、ミミは子《こ》どものころの話《はなし》の続《つづ》きをきかせてくれた。

きりの良《よ》いところまでかきおえてミミが一階《かい》へもどると、私《わたし》は机《つくえ》からリコリススティックを取《と》りだし、マットレスの下《した》から本《ほん》を引《ひ》っぱりだした。マットレスの下《した》には他《ほか》にも、キャンディをひとふくろかくしている。

『パインヒルの亡霊《ぼうれい》』は十四章《しょう》にさしかかっていて、すっごくもりあがってきているところなの。それなのに、私《わたし》はリコリススティックをくちゃくちゃかみながら、ぼんやりとちがうことを考《かんが》えはじめていた。

思《おも》いうかべていたのは、トレヴァー・サンドボーンのこと。私《わたし》は読《よ》んでいた本《ほん》を下《お》ろす。

トレヴァー・サンドボーンは、ストーニーブルック・ミドルスクールの七年生《ねんせい》の中《なか》でいちばんすてきな男《おとこ》の子《こ》。

つややかな黒髪《くろかみ》に、暗《くら》く物憂《ものう》げな目《め》。鼻《はな》の上《うえ》にはそばかすがあるんだよ。あんなにすてきで、さらに名前《なまえ》までロマンチックだなんて完《かん》ぺきすぎ。

学校《がっこう》のろうかで見《み》かける彼《かれ》は、いつも真剣《しんけん》に何《なに》かを考《かんが》えこんでいる様子《ようす》で歩《ある》いている。彼《かれ》は詩《し》を書《か》いていて、『文学《ぶんがく》の声《こえ》』っていうカッコいい校内誌《こうないし》で詩《し》を発表《はっぴょう》しているんだ。詩人《しじん》に恋《こい》しちゃうなんて、夢《ゆめ》にも思《おも》わなかった。

でも、トレヴァーと私《わたし》は同《おな》じ授業《じゅぎょう》がひとつもないの。だから、私《わたし》たちは話《はな》したことがない。彼《かれ》は私《わたし》の存在《そんざい》にすら気《き》がついていないと思《おも》う。

リリリーン！

トレヴァーのことを考《かんが》えていたら、とつぜん電話《でんわ》が鳴《な》った。

「わわっ！」

私《わたし》はおどろいて、飛《と》びあがっちゃった。もしかしてトレヴァーから？　そんなわけないのに、少《すこ》しだけ期待《きたい》しながら受話器《じゅわき》に手《て》をのばす。

「もしもし？」

「ハーイ、クラウディア。私《わたし》よ」

電話《でんわ》はステイシーからだった。

「クラウディア、今《いま》、何《なに》してた？」

「トレヴァー・サンドボーンのことを考《かんが》えてた。そっちは？」

「サム・トーマスのことを考《かんが》えていたわ」

サム・トーマスっていうのは、クリスティの二番目《ばんめ》のお兄《にい》ちゃんのこと。ステイシーはサムに夢中《むちゅう》なの。サムはハイスクールの九年生《ねんせい》*。正直《しょうじき》、ステイシーには年上《としうえ》すぎるんじゃないかなって私《わたし》は思《おも》ってるんだけどね。

「はーーっ」

＊九年生《ねんせい》：日本《にほん》で言《い》う高校《こうこう》にあたるハイスクールの一年目《ねんめ》の学年《がくねん》

私《わたし》がため息《いき》をつくと、ステイシーもつられるようにため息《いき》をつく。恋《こい》ってなやましいよね。

少《すこ》しの間《ま》があってから、ステイシーが口《くち》を開《ひら》く。

「ねえ、ベビー・シッターズ・クラブあての電話《でんわ》はあった？」

「ないよ」

「ほんとに？」

「ほんとだよ！」

クラブの本部《ほんぶ》は私《わたし》の部屋《へや》なの。メンバー四人《にん》の中《なか》で私《わたし》だけが部屋《へや》に自分《じぶん》の電話《でんわ》を持《も》っているからね。

ベビー・シッターズ・クラブは週《しゅう》に三回《かい》、月《げつ》・水《すい》・金《きん》の五時半《じはん》から六時《じ》に私《わたし》の部屋《へや》に集《あつ》まってミーティングをするんだ。

その時間《じかん》に電話《でんわ》をもらえれば、お客《きゃく》さんは一度《いちど》に四人《にん》のシッターの予定《よてい》をきくことができて、すぐにシッターを手配《てはい》できるというわけ。クリスティが言《い》うように、そこが「クラブのセールスポイント」なんだ。

ミーティングの時間外《じかんがい》は、私《わたし》が電話《でんわ》を受《う》けつけている。時間外《じかんがい》の電話《でんわ》って、けっこう多《おお》いんだよ。

時間外《じかんがい》の電話《でんわ》を取《と》ったときは、依頼《いらい》の内容《ないよう》を全部書《ぜんぶか》きとめておくことにしているの。日時《にちじ》や子《こ》どもの人数《にんずう》、大人《おとな》は何時《なんじ》ごろに帰《かえ》るのかとか、そういうことをね。それからメンバー全員《ぜんいん》に依頼《いらい》の内容《ないよう》を伝《つた》えて、だれがその仕事《しごと》を引《ひ》きうけるか決《き》まったら、お客《きゃく》さんに電話《でんわ》をかけなおすことになっているんだ。

この手順《てじゅん》をわすれて、その場《ば》で私《わたし》が仕事《しごと》を引《ひ》きうけちゃったことは、たしかに何度《なんど》かある。だからってステイシーに「仕事《しごと》どろぼう」あつかいされるのは、納得《なっとく》がいかないよ。

ステイシーがもう一度《いちど》ため息《いき》をつく。

「どうかしたの？」

「もっとたくさん友《とも》だちがいたら、いろいろと予定《よてい》ができるのに、って思《おも》ってるだけ」

「これからふえていくよ、ステイシー。引《ひ》っこしてきてから、まだ二か月《げつ》もたってないじゃない。それに、友《とも》だちなら私《わたし》たちがいるでしょ」

今年《ことし》の八月《がつ》、ステイシーは両親《りょうしん》といっしょにニューヨークから、私《わたし》たちの住《す》むコネティカット州《しゅう》ストーニーブルックに引《ひ》っこしてきたばかりなの。

「そうね」

ステイシーが少《すこ》し不満《ふまん》そうに返事《へんじ》をする。

「土曜日《どようび》なら、クリスティやメアリー・アンもさそって集《あつ》まれるよ。クラブのミーティングじゃなくて、みんなで何《なに》かしようよ。土曜《どよう》の予定《よてい》は空《あ》いてる？」

「毎日《まいにち》ヒマよ」

「もーっ。ヒマなんかじゃないでしょ？　ベビー・シッターの予定《よてい》だってたくさんあるし、ママとパパとしょっちゅうニューヨークに行《い》ってるじゃない」

「そういう予定《よてい》は、友《とも》だちが多《おお》いっていうこととはちがうでしょ」

「とにかく、土曜日《どようび》に何《なに》かしよう、ね？　クリスティとメアリー・アンには私《わたし》が電話《でんわ》しておくから」

「わかった」

「じゃあね、ステイシー。また明日《あした》」

私《わたし》は電話《でんわ》を切《き》ると、窓《まど》の外《そと》の雨《あめ》を見《み》つめた。

ああは言《い》ったけど、四人《にん》でいっしょに楽《たの》しめるものをさがすのは、かんたんじゃなさそう。メアリー・アンはきびしいパパにいろんなことを禁止《きんし》されているし、ステイシーは糖尿病《とうにょうびょう》で食事《しょくじ》に気《き》をつけなきゃいけないから。

明日《あした》、学校《がっこう》でクリスティとメアリー・アンにも相談《そうだん》してみよう。

私《わたし》はまた『パインヒルの亡霊《ぼうれい》』の続《つづ》きを読《よ》みはじめた。

2 うわさの怪盗《かいとう》

ステイシー、クリスティ、メアリー・アン、そして私《わたし》の四人《にん》は、約束通《やくそくどお》り土曜日《どようび》に集《あつ》まったものの、みんなでいっしょに楽《たの》しめるものをひとつも思《おも》いつけないでいた。

メアリー・アンは自転車《じてんしゃ》でモールに行《い》くことをパパに禁止《きんし》されているし、スモアやアイスクリームみたいな楽《たの》しめるおやつは、ステイシーといっしょに食《た》べることはできない。映画《えいが》を見《み》に行《い》こうかとも思《おも》ったけど、見《み》たいものがなかった。

私《わたし》たちはひとまず、クリスティの家《いえ》の庭《にわ》でダラダラしていた。

ステイシー以外《いがい》の三人《にん》は大《だい》の字《じ》で寝《ね》そべっていたんだけど、ステイシーはすました様子《ようす》で正座《せいざ》をしている。サムがドアからひょっこり顔《かお》を出《だ》してきた場合《ばあい》にそなえて、感《かん》じよく見《み》せようとしてるみたい。

メアリー・アンは最新《さいしん》のストーニーブルック新聞《しんぶん》を顔《かお》の前《まえ》で広《ひろ》げていたものの、

読《よ》んではいなかった。

つまり、私《わたし》たちはすっごく、すっごーくたいくつしていた。

まず口《くち》を開《ひら》いたのは、クリスティだった。

「ねえ、屋根裏部屋《やねうらべや》にあるおもちゃで遊《あそ》ばない？　ママが子《こ》どものころのおもちゃだから、すっごくレアだよ！」

古《ふる》いおもちゃで遊《あそ》ぶ？　何《なに》その提案《ていあん》？

私《わたし》とステイシーはあきれたと言《い》わんばかりに、ぐるりと目《め》を回《まわ》した。

クリスティとメアリー・アンは私《わたし》やステイシーと同《おな》じ七年生《ねんせい》なのに、すごく子《こ》どもっぽいときがあるんだよね。いまだに男《おとこ》の子《こ》やファッションに興味《きょうみ》がないし、ときどきすごく変《へん》なことを言《い》いだす。

それに、見《み》た目《め》も私《わたし》たちよりずっとお

さなく見《み》える。

クリスティは茶色《ちゃいろ》くて長《なが》い髪《かみ》の毛《け》を、アレンジするわけでもなく、ただのばしているだけって感《かん》じだしね。ぱっちりしている目《め》は、メイクがにあいそうなんだけどな。

メアリー・アンはパパのルールで、茶色《ちゃいろ》い髪《かみ》をいつも三《み》つ編《あ》みおさげにしている。あの髪型《かみがた》、いつまで続《つづ》けるつもりなんだろう。

ふたりは服《ふく》も子《こ》どもっぽいんだ。ひざ丈《たけ》のチェックのスカートに、無地《むじ》のブラウスとか、私《わたし》からしたら無難《ぶなん》な服《ふく》ばっかり。

ステイシーはというと、私《わたし》と服《ふく》の好《この》みがにているの。ステイシーは背《せ》が高《たか》くてすらっとしていて、ブロンドの髪《かみ》の毛《け》はセンス良《よ》くカットされている。すごく大人《おとな》っぽく見《み》えるんだよ。

「それより、新《あたら》しくできたクッキー屋《や》さんに行《い》ってみ……」

メアリー・アンが別《べつ》の提案《ていあん》を口《くち》にしようとしたけど、ステイシーの顔《かお》をちらっと見《み》ると、途中《とちゅう》で言《い》うのをやめた。ステイシーの食事制限《しょくじせいげん》のことを思《おも》いだしたんだろう。

「映画《えいが》をレンタルしようよ」

私《わたし》はステイシーに向《む》かって言《い》った。ステイシーの家《いえ》のプレーヤーで見《み》ようと思《おも》ったんだ。

「いいね！」

「名案《めいあん》だわ！」

クリスティとメアリー・アンも乗《の》り気《き》だ。

「ごめん、プレーヤーが故障中《こしょうちゅう》なの」

ステイシーが残念《ざんねん》そうに言《い》う。

「そっか……」

何気《なにげ》なく視線《しせん》を落《お》とすと、黄色《きいろ》く色《いろ》づいたカエデの落《お》ち葉《ば》に目《め》がとまる。

一枚拾《まいひろ》いあげて親指《おやゆび》と人差《ひとさ》し指《ゆび》でくるくると回《まわ》していると、私《わたし》はふいにひみつを打《う》ちあけたくなった。

「これ、ひみつなんだけど……あっ、ステイシーにはもう話《はな》したんだけどね、他《ほか》のだれにも言《い》ってない話《はなし》だよ」

「なんで、ステイシーには先《さき》に話《はな》したの？」

クリスティが、不満《ふまん》そうにきいてくる。

「たまたまそうなっただけ。深《ふか》い意味《いみ》はないよ。わかるでしょ？」

クリスティとメアリー・アンが目配《めくば》せしあっている。のけ者《もの》にされたと思《おも》ってるのかな。まあたしかに、話題《わだい》によってはそういうこともあるんだけど。

「知《し》りたいの？　知《し》りたくないの？」

「……知《し》りたい」

クリスティがしぶしぶ答《こた》える。

「よし。それで、ひみつっていうのはね……」

私《わたし》はわざとゆっくりした口調《くちょう》で話《はな》した。その方《ほう》がハラハラするでしょ？

「私《わたし》、恋《こい》に落《お》ちたの！」

「うそー！」

「クラウディアまで!?」

メアリー・アンが小《ちい》さな声《こえ》をあげるのと同時《どうじ》に、クリスティが大声《おおごえ》でさけぶ。

「相手《あいて》はだれなの？」

メアリー・アンにそうきかれて、私《わたし》は思《おも》わずほう、とため息《いき》をついちゃった。

「トレヴァー・サンドボーンだよ」

私《わたし》はうっとりと目《め》をとじて、カエデの木《き》にもたれかかる。

「トレヴァー・サンドボーン？」

クリスティがききかえす。

メアリー・アンは片方《かたほう》の三《み》つ編《あ》みおさげを肩《かた》の後《うし》ろにかきあげ、身《み》を乗《の》りだすように、たずねた。

「どんな人《ひと》なの？」

「うちの学校《がっこう》でいちばんカッコいい人《ひと》」

「でも、名前《なまえ》をきいたことがないわ。私《わたし》たちと同《おな》じ学年《がくねん》？」

「そうだよ。しかも詩人《しじん》なの」

せっかくトレヴァーの魅力《みりょく》を語《かた》ってあげようと思《おも》ったのに、クリスティがとつぜん「あっ！」ってさけぶから、私《わたし》の話《はなし》がさえぎられちゃった。

「その人《ひと》知《し》ってる。すごく静《しず》かな子《こ》だよね。数学《すうがく》のクラスが同《おな》じだよ。あたしの後《うし》ろの列《れつ》にいたから……アラン・グレイのとなりの席《せき》の子《こ》だ」

「うへっ！　アラン・グレイだって」

私《わたし》はアラン・グレイを思《おも》いうかべて、うっかり心《こころ》の声《こえ》がもれてしまう。

「いやだわ」

メアリー・アンも、すごくいやそうだ。

「アラン・グレイってだれなの？」

ステイシーがたずねる。そっか。転校《てんこう》してきたばかりだから知《し》らないよね。

「アラン・グレイっていうのは――」

クリスティが、ここぞとばかりに話《はな》しだす。

「――宇宙一《うちゅういち》イヤな男子《だんし》のことだよ。ずっと昔《むかし》、年長《ねんちょう》クラスのころからひどいヤツだったんだ。あれはきっとうまれつきだね。数学《すうがく》の授業《じゅぎょう》のとき、あたしの真後《まうし》ろにあいつがすわってるから、ほんとめいわく。昨日《きのう》なんて『クリスティは病院《びょういん》にノミ取《と》りに行《い》っているので遅刻《ちこく》します』って勝手《かって》にピーターズ先生《せんせい》に言《い》ってたんだよ」

「何《なに》それ、最《さい》っ悪《あく》ね！」

ステイシーも、いやそうにあいづちを打《う》つ。

「だよね。アランはあたしのことが大《だい》きらいなんだ。他《ほか》の子《こ》に比《くら》べて、あたしへのいやがらせがダントツに多《おお》いもん」

「そりゃあ、クリスティはアランに仕返《しかえ》しをした、唯一《ゆいいつ》の女子《じょし》だもんね？」

私《わたし》がそう言《い》うと、クリスティはニッと笑《わら》って「そうだよ」って言《い》ったんだ。

メアリー・アンもなんの話《はなし》かわかったみたいで、口《くち》もとがゆっくりとゆるんでいく。

「いったい、なんの話《はなし》なの？」

せがむようにきいてくるステイシーに、私《わたし》が教《おし》えてあげる。

「クリスティはアランに派手《はで》な仕返《しかえ》しをしたの。五年生《ねんせい》のときの話《はなし》だよ。クリスティ、メアリー・アン、アラン、そして私《わたし》はみんな同《おな》じクラスだったんだ。その年《とし》、アランは私《わたし》たち、ていうか女子全員《じょしぜんいん》にずっと、いやがらせをしていたんだ。学年《がくねん》が終《お》わる六月《がつ》までずっとだよ。だからその日《ひ》、クリスティは盛大《せいだい》に仕返《しかえ》しをしてやろうと考《かんが》えたんだ。クリスティは登校《とうこう》してくると、お昼《ひる》になるまでずーっと、ママが持《も》たせてくれたランチをじまんしたの。ランチの中身《なかみ》はチョコレートのカップケーキとコーンチップス、フルーツのサラダ、それにハムとチーズのサンドイッチ、あとキスチョコがふたつ入《はい》っていて、すごくごうかだったんだ」

「何《なに》かのごほうびだったと思《おも》う」

クリスティが思《おも》いだしたように付《つ》けたす。

「うん。そんな感《かん》じだった。でね、クリスティは大事《だいじ》なランチを守《まも》るために、いつものコートやバッグをかける場所《ばしょ》にはランチバッグを置《お》かないで、机《つくえ》にしまっておくって話《はな》したの。わざと大《おお》きな声《こえ》でね。そしたら予想通《よそうどお》り、アランはお昼《ひる》になる前《まえ》にクリスティの机《つくえ》の中《なか》からランチバッグをぬすんだわけ。お昼《ひる》になると、アランはみんなの前《まえ》で大《おお》げさにさわぎたてながら、クリスティのランチバッグをさも自分《じぶん》のもののように開《あ》けようとしたの。アランの周《まわ》りには、男子《だんし》たちがむらがっていた。私《わたし》たち女子《じょし》はとなりのテーブルから、その様子《ようす》を見《み》ていたの。アランは望《のぞ》み通《どお》り、みんなの注目《ちゅうもく》を集《あつ》めていたんだ」

「何《なに》もかも、あたしのねらい通《どお》りだったんだよ」

したり顔《がお》でクリスティが言《い》う。私《わたし》はそのまま話《はなし》を続《つづ》けた。

「その通《とお》り。アランはランチバッグの中《なか》から箱《はこ》や容器《ようき》を取《と》りだすと、ていねいに目《め》の前《まえ》にならべたの。そしてひとつずつ開《あ》けていくと……なんと、中《なか》から死《し》んだクモやどろだんごが、次《つぎ》つぎに出《で》てきたんだよ！」

「デイヴィッド・マイケルが作《つく》ってくれたんだ」

クリスティがニヤニヤしながら言《い》う。デイヴィッド・マイケルっていうのは、クリスティの弟《おとうと》のこと。当時《とうじ》は四才《さい》だった。

「クリスティは、サンドイッチにニセモノのハエまでくっつけていたの！」

それをきいて、ステイシーがくすくす笑《わら》う。

「あれは最高《さいこう》だったわ」

メアリー・アンも、あの日《ひ》のことははっきり覚《おぼ》えてるみたい。

「みんな大笑《おおわら》いだったのよ。クリスティの本当《ほんとう》のランチは、いつも通《どお》りコートかけのところに置《お》かれていたの。その日《ひ》クリスティは、下校時間《げこうじかん》になるまでずっと女子全員《じょしぜんいん》から『すごい仕返《しかえ》しだった』ってほめられつづけたんだから」

「でも、そのせいで――」

クリスティが不満《ふまん》げに口《くち》を開《ひら》く。

「――アランはあれからずっと、あたしにいやがらせをしてくる。やられっぱなしじゃ、かっこうがつかないいんだろうね。いやなヤツ」

「トレヴァーがそんな男子《だんし》じゃなくて、良《よ》かった〜」

私《わたし》がそう言《い》うと、ステイシーは目《め》にかかるカールしたブロンドの髪《かみ》の毛《け》をはらいながら「そんな男子《だんし》だったら、恋《こい》したりしないでしょ」ってするどくつっこんだ。

「たしかに。詩人《しじん》は繊細《せんさい》で思《おも》いやりがあるもんね」

私《わたし》の言葉《ことば》を最後《さいご》に話題《わだい》がとぎれて、だれもしゃべらなくなった。

メアリー・アンが、たいくつそうにストーニーブルック新聞《しんぶん》をめくる。

「テイラーの店《みせ》がセールをするんですって」

「ふーん」

目《め》をとじてトレヴァーの顔《かお》を思《おも》いうかべていた私《わたし》は、うわの空《そら》でメアリー・アンに相《あい》づちを打《う》つ。

「今週《こんしゅう》、モールでぼやがあったらしいわ」

「ふーん」

「インフルエンザの予防接種《よぼうせっしゅ》は、十一月《がつ》までにすませた方《ほう》がいいみたい」

「ふーん」

興味《きょうみ》のないニュースばかりで、たいくつに思《おも》っていたそのとき。

「ええっ！」

とつぜんメアリー・アンがさけんだ。おどろいたクリスティとステイシーと私《わたし》は、いっせいにメアリー・アンの方《ほう》を見《み》る。

「何《なに》？　どうしたの？」

私《わたし》が大声《おおごえ》でたずねると、青《あお》ざめたメアリー・アンはふるえながら新聞《しんぶん》を指《ゆび》さした。

新聞《しんぶん》を持《も》つもう片方《かたほう》の手《て》は、なぜかメアリー・アンの顔《かお》から遠《とお》ざけられている。

そうしないと新聞《しんぶん》がメアリー・アンにかみついてきちゃうって感《かん》じでね。

「やだ！　新聞《しんぶん》の上《うえ》に何《なに》かいるの？」

私《わたし》は金切《かなき》り声《ごえ》をあげて飛《と》びのいた。だってクモが大《だい》っきらいなんだもん。

「ちがうわ。新聞《しんぶん》に書《か》かれていることが、あまりにもおそろしくて……」

メアリー・アンがしぼりだすように答《こた》えると、クリスティがメアリー・アンの手《て》から新聞《しんぶん》をうばいとって地面《じめん》に広《ひろ》げた。

私《わたし》たちはみんなで新聞《しんぶん》をのぞきこむ。

「何《なに》がおそろしいの？　『おこったブタが大《おお》あばれ』の記事《きじ》？」

クリスティが大《おお》きな見出《みだ》しのひとつを読《よ》んでメアリー・アンにたずねる。

「それじゃない！」

「じゃあ、『十月《がつ》なのに⁉　サクラのくるいざき』？」

「ちがう！」

「いったいなんなの、メアリー・アン？　ちゃんと教《おし》えて。でないと私《わたし》たちも気《き》になるじゃない！」

私《わたし》が声《こえ》をあららげて問《と》いつめると、メアリー・アンは少《すこ》し落《お》ち着《つ》きを取《と》りもどして、もう一度《いちど》新聞《しんぶん》を手《て》に取《と》る。

それから、ある見出《みだ》しを声《こえ》に出《だ》して読《よ》みあげた。

「『〝怪盗《かいとう》サイレンス〟の異名《いみょう》を持《も》つどろぼう　マーサーに現《あらわ》る』」

そこでせきばらいをしたメアリー・アンは、私《わたし》たちの方《ほう》をちらっと見《み》てから、記事《きじ》を読《よ》んできかせた。

記事《きじ》によると、警察《けいさつ》に「怪盗《かいとう》サイレンス」と名《な》づけられたどろぼうが、マーサーでは二件目《けんめ》となる盗難事件《とうなんじけん》を起《お》こしたらしい。

犯行前《はんこうまえ》には、必《かなら》ず電話《でんわ》がかかってくるらしく、今回被害《こんかいひがい》にあったグランヴィル夫妻《ふさい》の家《いえ》でも、午後《ごご》四時《じ》すぎに電話《でんわ》があったみたい。家《いえ》の人《ひと》が電話《でんわ》に出《で》ると、相手《あいて》は何《なに》も言《い》わずに電話《でんわ》を切《き》ったんだって。

無言電話《むごんでんわ》をかけるどろぼうだから「怪盗《かいとう》サイレンス」って呼《よ》ばれてるんだね。

グランヴィル夫妻《ふさい》は午後《ごご》七時半《じはん》から午後《ごご》十時《じ》十五分《ふん》まで外出《がいしゅつ》し、帰宅《きたく》したときには、家《いえ》の中《なか》の宝石《ほうせき》はすべて持《も》ちさられていた。

家《いえ》には他《ほか》にも大量《たいりょう》の銀器《ぎんき》や、貴重《きちょう》なコインのコレクションなど、高価《こうか》なものがあったのに、なぜか宝石《ほうせき》以外《いがい》にぬすまれたものはなかったみたい。

この二週間《しゅうかん》、怪盗《かいとう》サイレンスはニューホープで四件《けん》、そのあとマーサーで二件《けん》の盗難事件《とうなんじけん》を起《お》こしている。

「で、その記事《きじ》の何《なに》がそんなにこわいの？　どろぼうのニュースなんて、ニューヨークじゃ日常茶飯事《にちじょうさはんじ》だわ」

不思議《ふしぎ》そうにたずねるステイシーに、メアリー・アンはおびえた顔《かお》つきで答《こた》えた。

「これを読《よ》んで気《き》がつかない？　犯人《はんにん》はだんだんストーニーブルックに近《ちか》づいてきているのよ！　最初《さいしょ》がニューホープで次《つぎ》がマーサー。マーサーはストーニーブルックの目《め》と鼻《はな》の先《さき》だわ」

「そうは言《い》っても、まだ三十キロ以上《いじょう》はなれているけどね。それに、うちには高《こう》価《か》な宝石《ほうせき》なんてないからピンとこないなあ。ねえ、このどろぼうは宝石《ほうせき》しかねらわないの？」

私《わたし》はメアリー・アンにたずねた。

「そうよ。ぬすむのは宝石《ほうせき》だけみたい。犯人《はんにん》はぬすむ宝石《ほうせき》のねらいを定《さだ》めているんですって。自分《じぶん》の家《いえ》に高価《こうか》な宝石《ほうせき》がなくても、シッター先《さき》のお家《うち》にはあるかもしれないじゃない！　さらにおそろしいのは、ここからよ。犯人《はんにん》は電話《でんわ》をかけることで留守《るす》かどうかを確認《かくにん》するんだけど、留守《るす》じゃない家《いえ》にも、しのびこんだことがあるみたい。住人は宝石がなくなって初めて、どろぼうに入られたことに気がついた。つまりそれって、ぬすみの真《ま》っ最中《さいちゅう》に犯人《はんにん》と住人《じゅうにん》が同《おな》じ家《いえ》の中《なか》にいたっていうことなの！」

追《お》いつめられたような表情《ひょうじょう》で、メアリー・アンはさらに続《つづ》ける。

「これまで怪盗《かいとう》サイレンスはだれにも危害《きがい》を加《くわ》えたことはないわ。でも、もしぬすみの最中《さいちゅう》にバッタリ会《あ》ってしまったら、どうしよう！　はちあわせたときのことを考《かんが》えておかないと」

「そんな、まさか。記事《きじ》にあるグランヴィル夫妻《ふさい》みたいなお金持《かねも》ちは、このあたりにはいないと思《おも》うけど？」

ステイシーがあきれたように言《い》う。

「でも、お金持《かねも》ちかどうかは重要《じゅうよう》じゃないのかも」

クリスティが言《い》う。

「例《たと》えば、親《おや》が出《で》かけるところを怪盗《かいとう》サイレンスが見《み》ていたとする。家《いえ》の中《なか》にはベビー・シッターと数人《すうにん》の小《ちい》さな子《こ》どもしかいない。そんなぬすみやすい家《いえ》を見《み》つけたら、怪盗《かいとう》サイレンスは宝石《ほうせき》にかぎらず、なんでもぬすもうとするかも……」

「そんな大《おお》げさな。心配《しんぱい》しすぎよ」

ステイシーがなだめるように言《い》う。

「あっ！　どうしよう！」

私《わたし》はあることを思《おも》いだして、さけんだ。

「どうしたの⁉」

他《ほか》の三人《にん》が、何事《なにごと》かと私《わたし》の方《ほう》を見《み》る。

「私《わたし》、水曜日《すいようび》にマーシャル家《け》でベビー・シッターをしたの。あのとき、電話《でんわ》が二回《かい》かかってきたんだ。両方《りょうほう》とも私《わたし》が出《で》たんだけど、相手《あいて》は何《なに》も言《い》わずに電話《でんわ》を切《き》っちゃった！」

「どうしよう！」

「うそでしょう！」

メアリー・アンに続《つづ》いてステイシーも、声《こえ》をあげておどろいている。

あわてる私《わたし》たち三人《にん》の横《よこ》で、クリスティが真剣《しんけん》な顔《かお》つきで口《くち》を開《ひら》く。

「こうなったら、ベビー・シッターズ・クラブの緊急《きんきゅう》ミーティングを開《ひら》くよ。今《いま》すぐにね！」

3 緊急《きんきゅう》ミーティング開催《かいさい》！

ベビー・シッターズ・クラブのメンバーは、クラブの本部《ほんぶ》でもある私《わたし》の部屋《へや》に移動《いどう》した。四人《にん》とも表情《ひょうじょう》はかたい。

「最悪《さいあく》だよ。こんな状況《じょうきょう》でベビー・シッターなんてできる？」

クリスティがうめくような声《こえ》で言《い》う。そのあとはだれも何《なに》も言《い》わない。

雰囲気《ふんいき》をなごませるために、私《わたし》はノートにはさんでおいた特大《とくだい》サイズの板《いた》チョコを取《と》りだして、そうっと包《つつ》み紙《がみ》をめくった。チョコを割《わ》ってクリスティとメアリー・アンにわたす。

ステイシーが食《た》べられないからって、私《わたし》は特《とく》に気《き》をつかったりはしないんだ。ステイシーも、そんなの望《のぞ》んでないだろうし。

私《わたし》たち三人《にん》はだまったままチョコを食《た》べた。

しばらくして口《くち》を開《ひら》いたのはステイシーだった。

「ねえ、何《なに》も心配《しんぱい》することなんてないわよ。怪盗《かいとう》サイレンスは三十キロ以上《いじょう》はなれた場所《ばしょ》にいるんだし」

そしてメアリー・アンに向《む》きなおって、こう続《つづ》ける。

「どうして次《つぎ》にストーニーブルックがねらわれるって思《おも》うの？　警察《けいさつ》の追跡《ついせき》からのがれるために、次《つぎ》はオクラホマ州《しゅう》をねらうつもりかもしれないわ」

「たしかに、その通《とお》りね」

メアリー・アンはゆっくりと返事《へんじ》をした。

「それともうひとつ。私《わたし》たちのシッター先《さき》にねらわれるような高級《こうきゅう》な宝石《ほうせき》があったとして、そのことを怪盗《かいとう》サイレンスが知《し》っていたとするでしょ？　怪盗《かいとう》サイレンスが知《し》っているなら私《わたし》たちも知《し》っていると思《おも》わない？　ねらわれるようなごうかな宝石《ほうせき》は、ひみつになんてできないわ」

「たしかに、それもステイシーの言《い》う通《とお》りだね」

私《わたし》はあいづちを打《う》ってから、こう続《つづ》けた。

「でも……ベビー・シッターをしている最中《さいちゅう》に、どろぼうが入《はい》ってきたらどうしよう？　怪盗《かいとう》サイレンスだけじゃなく、どろぼうはありえることだし、万《まん》が一《いち》にはそなえておかないと」

「クラウディアの言《い》う通《とお》りだよ。優秀《ゆうしゅう》なベビー・シッターは、あらゆる状況《じょうきょう》にそなえておかなきゃ」

クリスティがそう言《い》うと、ステイシーはこんな提案《ていあん》をした。

「そういうことなら、警察《けいさつ》を呼《よ》んでほしいときは、電話《でんわ》で暗号《あんごう》のやりとりをするのはどう？　例《たと》えば、私《わたし》がジェイミー・ニュートンのシッターをしているときに、どろぼうが入《はい》ってきたとするわね。私《わたし》は警察《けいさつ》に電話《でんわ》をかけたいと思《おも》うはず。でも家《いえ》の中《なか》にいるどろぼうに、電話《でんわ》の内容《ないよう》をきかれたらまずい。そうよね？」

私《わたし》たち三人《にん》が力強《ちからづよ》くうなずくのを見《み》とどけてから、ステイシーが話《はなし》を続《つづ》ける。

「そういうときは、クラブのメンバーに暗号《あんごう》で伝《つた》えるの。例《たと》えば、私《わたし》がクラウディアに電話《でんわ》をかけたとする。電話口《でんわぐち》で私《わたし》はこう言《い》うの。『ハーイ、ステイシーよ。私《わたし》の赤《あか》いリボンを見《み》つけてくれた？』これは緊急《きんきゅう》を意味《いみ》する暗号《あんごう》で、警察《けいさつ》に電話《でんわ》してほしいっていう意味《いみ》」

「それなら、どろぼうにバレないね！」

クリスティに続《つづ》いて「本当《ほんとう》ね！」って感心《かんしん》していたメアリー・アンは、さらにこうたずねた。

「でもクラウディアは、どうやってステイシーの居場所《いばしょ》をききだすの？　場所《ばしょ》がわからないと、警察《けいさつ》に行先《いきさき》を伝《つた》えられないわ」

それもそうだ。私《わたし》はこう続《つづ》けた。

「たしかに、その通《とお》りだね。どろぼうは、電話《でんわ》に聞《き》き耳《みみ》をたてているかもしれない。『わかった。警察《けいさつ》を呼《よ》ぶね。どこにいるの？』なんて会話《かいわ》をきかれたら大変《たいへん》だよ」

「ひええっ！　ぬすみぎきなんて、こわすぎるよ！」

おびえるクリスティに、私《わたし》は「でも、ありえるじゃない」って言《い》ったんだ。

「『怪人《かいじん》たちの夜《よる》』っていうミステリー小説《しょうせつ》にも出《で》てきたしね。怪人《かいじん》たちはベビー・シッターの会話《かいわ》をひそかにきいていて……」

「ストップ！　ストップ！　ストップ！　それ以上言《いじょうい》わないで。そんな話《はなし》きいたくない！」

クリスティが身《み》をのけぞらせてさけぶ。

「わかったわよ。でも大事《だいじ》なのはね、私《わたし》たちメンバー全員《ぜんいん》が、それぞれのシッター先《さき》と日時《にちじ》を知《し》っておかなきゃいけないってこと」

「それなら、スケジュール帳《ちょう》があるわ」

すかさずメアリー・アンが言《い》う。スケジュール帳《ちょう》っていうのは、ベビー・シッターズ・クラブの予約状況《よやくじょうきょう》や、その他《ほか》の大事《だいじ》な情報《じょうほう》を書記担当《しょきたんとう》のメアリー・アンが全部記録《ぜんぶきろく》しているノートのこと。

ちなみに私《わたし》たちは他《ほか》に、シッター先《さき》での出来事《できごと》を活動日誌《かつどうにっし》というノートにも記《き》録《ろく》しているんだ。

「スケジュール帳《ちょう》をどう使《つか》うの？」

ステイシーがメアリー・アンにたずねる。

「スケジュール帳《ちょう》には、全部《ぜんぶ》の情報《じょうほう》が書《か》かれているわ。予約《よやく》のことや、これまでのお給料《きゅうりょう》のことも何《なに》もかも。スケジュール帳《ちょう》を私《わたし》が毎日学校《まいにちがっこう》に持《も》っていけば、みんなのその日《ひ》のシッター先《さき》や時間《じかん》を確認《かくにん》できるでしょ？　週末《しゅうまつ》の予定《よてい》は金曜日《きんようび》のミーティングで確認《かくにん》すればいいわね」

「名案《めいあん》だね！」

メアリー・アンの説明《せつめい》をきいたクリスティが言《い》う。

「ただ、ひとつだけ言《い》わせて。スケジュール帳《ちょう》を学校《がっこう》で管理《かんり》する役目《やくめ》は、リーダーとしてあたしがやらせてもらうね。スケジュール帳《ちょう》に何《なに》かあったら、それはあたしの責任《せきにん》ってことで」

「そこまでしなくていいよ。交代《こうたい》で管理《かんり》すればいいんだから」

私《わたし》はクリスティに言《い》った。

「いいよ。同《おな》じ人《ひと》が持《も》っていた方《ほう》が、順番《じゅんばん》にするよりかんたんだもん。いややるわけじゃないから、安心《あんしん》して。というわけで、あたしが毎日学校《まいにちがっこう》でスケジュール帳《ちょう》を管理《かんり》する係《かかり》になることを提案《ていあん》します」

「その提案《ていあん》に賛成《さんせい》します」

メアリー・アンが言《い》う。

「良《よ》かった」

クリスティはそう言《い》うと、「じゃあ、次《つぎ》はどろぼうアラームを考《かんが》えなきゃね」って言《い》ったの。

「なんなのよ、それ？」

私《わたし》はすぐさま、ききかえす。

「どろぼうの侵入《しんにゅう》を知《し》らせる警報《けいほう》みたいな装置《そうち》だよ。だれかが家《いえ》に入《はい》ろうとしていることに、すぐに気《き》づけるようなしかけがあるといいなと思《おも》って」

言《い》いたいことはわかるけど、それってどんなしかけ？　すぐにはアイデアを思《おも》いつけず、私《わたし》たちは何《なに》も言《い》えなかった。

ようやく口《くち》を開《ひら》いたのはメアリー・アンだった。

「例《たと》えば、ドアの前《まえ》に空《あ》き缶《かん》を積《つ》みあげておいて、空《あ》き缶《かん》のたおれる音《おと》で、どろぼうが入《はい》ってきたのがわかるっていうのはどうかしら？」

「いいアイデアだね！」

「でもシッター先《さき》の子《こ》どもたちが、たおしてしまいそうな場所《ばしょ》はさけないとね。

あと、親《おや》が帰《かえ》ってくる前《まえ》にかたづけるのをわすれないこと」

そう付《つ》けたすクリスティに、私《わたし》たち三人《にん》はうなずく。

「オーケー。他《ほか》にアイデアはある？　クラウディアはどう？」

クリスティは、先生《せんせい》みたいな口調《くちょう》で私《わたし》にきいてくる。

「ないけど……。そっちこそ、なんかないの？」

思《おも》わず不機嫌《ふきげん》な声《こえ》で答《こた》えちゃった。急《きゅう》に言《い》われても、思《おも》いつかないよ。だいたい、クリスティにはアイデアがあるの？

しーん。気《き》まずい沈黙《ちんもく》。

するとクリスティが、くすくす笑《わら》いながら言《い》った。

「ニオイ警報《けいほう》っていうのはどう？」

それをきいたメアリー・アンとステイシーも笑《わら》っていたけど、私《わたし》はクリスティがまた、子《こ》どもっぽいことを言《い》いだしたなって思《おも》った。

「それで？　差《さ》しつかえなければ、そのニオイ警報《けいほう》とやらがなんなのか、説明《せつめい》してもらえる？」

クリスティはまだ、くすくす笑《わら》いが止《と》められないらしい。

「ゴミとか、とにかくくっさいものを家《いえ》の外側《そとがわ》の、どろぼうが通《とお》りそうなところに置《お》いとくんだ。その男《おとこ》がおしいってきたら、体《からだ》についたニオイですぐに気《き》づけるってわけ。だからニオイ警報《けいほう》なんだよ！」

子《こ》どもっぽすぎて、笑《わら》えない……。

「ねえ、『その男《おとこ》』って言《い》ってるけど、どろぼうは女《おんな》の人《ひと》っていう可能性《かのうせい》もあるんだからね。男《おとこ》だけにかぎらないんだから」

私《わたし》からのコメントは以上《いじょう》。付《つ》きあってらんないよ。

「ちょっと、クラウディア、じょうだんだよ。おこんないでよ」

こまり顔《がお》のクリスティに、私《わたし》は「言《い》っとくけど、私《わたし》はなんのアイデアもうかんでないから」って開《ひら》きなおったんだ。

「わかった、わかった。みんなで考《かんが》えよう。まずは暗号《あんごう》からね。みんなだれにも言《い》っちゃダメだよ。暗号《あんごう》の内容《ないよう》は極秘《ごくひ》だからね。だれにも知《し》られちゃダメ。これはじょうだんでもなんでもなく、マジメな話《はなし》だよ」

しつこく念《ねん》をおすクリスティに、私《わたし》たちは「わかった」って返事《へんじ》をする。

「ステイシーの言《い》っていた暗号《あんごう》を使《つか》うってことで、いいよね？」

クリスティが言《い》う。

「ステイシーはなんて言《い》っていたかしら？　わすれちゃったわ」

メアリー・アンは暗号《あんごう》を思《おも》いだせないみたい。でも私《わたし》はちゃんと覚《おぼ》えていたから、すぐに教《おし》えてあげたんだ。

「『私《わたし》の赤《あか》いリボンを見《み》つけてくれた？』だよ」

すると、クリスティが説明《せつめい》を加《くわ》える。

「その通《とお》り。電話口《でんわぐち》でこの暗号《あんごう》をきいたら、そのシッターが何《なに》かのトラブルにまきこまれていて、警察《けいさつ》を呼《よ》びたがっているってこと」

説明《せつめい》をきいていたら、もう少《すこ》し暗号《あんごう》のアイデアをふくらませられる気《き》がして、私《わたし》はこう切《き》りだした。

「ねえ、ステイシーの暗号《あんごう》を使《つか》うのはいいんだけど、もう少《すこ》しくわしい情報《じょうほう》もやりとりできるよう、暗号《あんごう》をふやした方《ほう》がいいと思《おも》う」

「そうね。電話《でんわ》を受《う》けた側《がわ》がメッセージを理解《りかい》したっていうことと、シッターの居場所《いばしょ》を知《し》っているっていうことを伝《つた》える暗号《あんごう》が必要《ひつよう》ね」

ステイシーが言《い》うと、メアリー・アンが新《あたら》しい案《あん》を出《だ》してくれた。

「こんなのはどうかな？『いいえ、青《あお》いのを見《み》つけたわ』って言《い》うの。単純《たんじゅん》だし、暗号《あんごう》で会話《かいわ》にもなっているわ」

「それ、いいね」

クリスティはのんきに賛成《さんせい》しているけど、いざどろぼうにぬすみぎきされているかもしれないっていう状況《じょうきょう》になったら、ぶるぶるふるえてこわがるだろうなあ。

「本当《ほんとう》に緊急事態《きんきゅうじたい》なのかどうかを知《し》らせる方法《ほうほう》も必要《ひつよう》だと思《おも》うわ。どろぼうがおしいってきて、それをもくげきしたっていう状況《じょうきょう》なのか、それとも『何《なに》か変《へん》』っていう程度《ていど》のものなのか」

ステイシーが言《い》う。

「なるほどね。それ、大事《だいじ》だね」

私《わたし》がそう言《い》うと、クリスティが話《はな》しはじめた。

「わかった。こんなのは、どう？　電話《でんわ》を受《う》けた人《ひと》が、『いいえ、青《あお》いのを見《み》つけたわ』って返事《へんじ》をする。助《たす》けを求《もと》めるベビー・シッターは『それじゃあ、しかられちゃう』って言《い》う。これは本当《ほんとう》に緊急事態《きんきゅうじたい》っていう意味《いみ》だよ。緊急事態《きんきゅうじたい》かどうかわからないときは、『それでも大丈夫《だいじょうぶ》』って返事《へんじ》をするんだ」

「わかった」

私《わたし》たちは、クリスティが考《かん》えた暗号《あんごう》に賛成《さんせい》した。

「今《いま》までの暗号《あんごう》を確認《かくにん》しておきたいね」

私《わたし》がそう言《い》うと、クリスティが「練習《れんしゅう》しよう」って言《い》ったんだ。

「クラウディアがあたしの家《いえ》でデイヴィッド・マイケルのベビー・シッターをしていたとするね。そのとき、窓《まど》のあたりで物音《ものおと》を耳《みみ》にした。さあ、どうする？」

「ステイシーに電話《でんわ》をかけるかな」

「じゃあ、電話《でんわ》の会話《かいわ》をやってみよう。いい？　クラウディアはどろぼうがどこにいるのかわからないし、そもそもどろぼうなのかどうかもわかってない状況《じょうきょう》で、暗号《あんごう》を使《つか》おうとしているんだよ」

「わかった……。じゃあ、ステイシーに電話《でんわ》をかけるね」

「プルル。プルル。プルル」

クリスティが電話《でんわ》の呼《よ》びだし音《おん》のまねをすると、ステイシーも受話器《じゅわき》を取《と》るまねをする。

「もしもし？」

「ハーイ、ステイシー。クラウディアだよ。私《わたし》のリボンを見《み》た……」

「ちがう！『私《わたし》の赤《あか》いリボンを見《み》つけてくれた？』」

急《きゅう》にクリスティが横《よこ》からさけんでくる。

「えっ？ ううん、見《み》つけてないよ」

しまった！ クリスティが横《よこ》やりを入《い》れてくるから、思《おも》わず私《わたし》が答《こた》えちゃった。

「クラウディア！ もう！ ちゃんとやって」

「やろうとしてるってば……。もう一回《かい》ね」

最初《さいしょ》だから混乱《こんらん》しちゃっただけ。次《つぎ》は大丈夫《だいじょうぶ》。

「ハーイ、クラウディアだよ。元気《げんき》？」

「『元気《げんき》？』はいらない！」

クリスティがさけぶ。

「ちゃんと用件《ようけん》を言《い》って。ふだんの電話《でんわ》じゃないんだから。クラウディアは今《いま》、死《し》ぬほどこわい状況《じょうきょう》なんだからね！」

はぁ〜っ。はいはい、わかってるってば。

「ハーイ、ステイシー。クラウディアだよ。私《わたし》の……私《わたし》の赤《あか》いリボンを見《み》つけてぇ〜……えーと……くれたかな？」

あぶなかった。途中《とちゅう》でつまったけど、なんとかセーフ？

しーん。一瞬《いっしゅん》の間《ま》を置《お》いて、ステイシーがふきだしちゃった。

「ぶっ！　あはは！　次《つぎ》に何《なに》を言《い》うのかわすれ

ちゃったわ！」

クリスティが、うらめしそうに私《わたし》たちを見《み》ている。

「クラウディア、次《つぎ》はメアリー・アンに電話《でんわ》して」

クリスティに言《い》われるがまま、今度《こんど》はメアリー・アンに向《む》かって受話器《じゅわき》を持《も》つまねをする。

「ハーイ、メアリー・アン。クラウディアだよ。私《わたし》の赤《あか》いリボンを見《み》つけてくれた？」

「いいえ、見《み》つけてないわ」

「ちがう！『いいえ、青《あお》いのを見《み》つけたわ』！」

クリスティがまたさけんでいる。

「メアリー・アン、自分《じぶん》で考《かんが》えた暗号《あんごう》でしょ？　覚《おぼ》えといてよ」

「そうよね……。ただ……いざやってみると、わからなくなっちゃって。もう一回《かい》お願《ねが》い、クラウディア」

そのあと暗号《あんごう》を覚《おぼ》えられるようになるまで、私《わたし》たちは何回《なんかい》も練習《れんしゅう》した。

それなのにクリスティったら、暗号《あんごう》をわすれないように暗号表《あんごうひょう》を作《つく》って、毎日《まいにち》一回以上《かいいじょう》は練習《れんしゅう》しろって言《い》うんだよ。クリスティってときどき、すごくえらそうなんだよね。

やっと練習《れんしゅう》を終《お》えて、みんなが私《わたし》の部屋《へや》から帰《かえ》るころ、とつぜんメアリー・アンが口《くち》もとに手《て》を当《あ》てて「どうしよう！」ってさけび声《ごえ》をあげた。

「どうしたの？」

私《わたし》がたずねると、メアリー・アンはこう答《こた》えた。

「パパがもし怪盗《かいとう》サイレンスのことをききつけちゃったら、どうしよう。きっとあぶないからって言《い》ってベビー・シッターを禁止《きんし》にするわ」

メアリー・アンは、すごくきびしくて過保護《かほご》なお父《とう》さんと、ふたりでくらしている。そのせいでメアリー・アンはなんて言《い》うか、「箱入《はこい》り」って感《かん》じなの。

メアリー・アンのママは亡《な》くなっていて、パパであるスピアさんは、自分《じぶん》が娘《むすめ》をしっかり守《まも》らなきゃって思《おも》いすぎているんだよ。それでメアリー・アンを「超《ちょう》」礼儀正《れいぎただ》しい「良《よ》い子《こ》」に育《そだ》てようとしているんだ。

「でも怪盗《かいとう》サイレンスのことは心配《しんぱい》する必要《ひつよう》ないっていう話《はなし》になったよね？」

「そうだけど、もしパパに暗号《あんごう》が見《み》つかったら……。どろぼうにそうぐうする可《か》能性《のうせい》なんて考《かんが》えたこともないはずだから、びっくりして大《おお》げさに心配《しんぱい》するはずよ」

「たしかに、今日話《きょうはな》しあったことは、あたしたちの親《おや》には知《し》られない方《ほう》がいいかもね」

クリスティが言《い》う。

「メアリー・アンの言《い》う通《とお》りだよ。あの人《ひと》たちは年《ねん》がら年中《ねんじゅう》、心配《しんぱい》してるんだから。今日《きょう》はどろぼうのことなんて何《なに》も考《かんが》えなかった。そういうことでいいよね？」

「賛成《さんせい》！」

こうしてベビー・シッターズ・クラブの緊急《きんきゅう》ミーティングは終《お》わった。

でも、私《わたし》たちのミステリーは、まだ始《はじ》まったばかりだったんだ。

4 私《わたし》のひみつがバレてる!?

（キャー！　トレヴァーがいる！）

こうふんしてつい、心《こころ》の中《なか》でさけんじゃった。

登校《とうこう》したら、ろうかでぐうぜん彼《かれ》を見《み》かけたの。

彼《かれ》とは同《おな》じ授業《じゅぎょう》がなくて、めったに会《あ》えないから、この機会《きかい》にかっこいいすがたを目《め》に焼《や》きつけておかなくちゃ。

すれちがう人《ひと》たちとぶつからないよう、身《み》をかわしながらろうかを歩《ある》いていく。

トレヴァーを見失《みうしな》わないよう、でもあやしまれない程度《ていど》に距離《きょり》をとりつつ、彼《かれ》のあとをつける。

一時間目《じかんめ》のベルが鳴《な》るまであと二分《ふん》。わずかな時間《じかん》でも彼《かれ》を見《み》つめていたい。

するとトレヴァーがとつぜん、校内誌《こうないし》『文学《ぶんがく》の声《こえ》』の部室《ぶしつ》の前《まえ》で立《た》ちどまる。

当然《とうぜん》、私《わたし》も少《すこ》しはなれた位置《いち》で立《た》ちどまった、そのとき。

ドンッ！

後《うし》ろからだれかが思《おも》いっきりぶつかってきた。

ぶつかってきた相手《あいて》と私《わたし》は、反動《はんどう》でいきおいよくロッカーに体《からだ》を打《う》ちつけられる。

ふりむくと、そこにいたのはなんと、アラン・グレイだったの。

「ちゃんと前《まえ》を見《み》なさいよ！」

私《わたし》は小《ちい》さな赤《あか》い蝶《ちょう》ネクタイを直《なお》し、セットした髪型《かみがた》がみだれていないか確認《かくにん》した。

私《わたし》は自分《じぶん》の長《なが》い髪《かみ》の毛《け》をいかして、いろんなアレンジを楽《たの》しんでいる。この日《ひ》は髪《かみ》を四本《はん》の三《み》つ編《あ》みにして、それぞれの三《み》つ編《あ》みをカラフルなゴムでとめてるんだ。バレッタも三つつけてるんだよ。

「オレが悪《わる》いっていうのかよ！　そっちこそ急《きゅう》に止《と》まるなよ！」

持《も》っていた本《ほん》を整《ととの》えながら、アランが言《い》う。

そのまま大《おお》またで歩《ある》きだしたアランは、ささやくような声《こえ》で、歌《うた》いながら去《さ》っていった。

「トレヴァーと、クラウディアったらアツアツだ〜。チュッ、チュッ、チュッ、チュッ、キスしすぎぃ〜」

こいつ、頭《あたま》にくる！　あれ、なんでここでトレヴァーの名前《なまえ》が出《で》てくるんだろう？　まさか、私《わたし》の好《す》きな人《ひと》がトレヴァーだってバレてる⁉　でもなんで？　私《わたし》とトレヴァーは話《はな》したことさえないのに。今《いま》だって距離《きょり》を取《と》っていたから気《き》づかれるはずはない。だれかがうっかり話《はな》しちゃったってこと⁉

私《わたし》のひみつを知《し》っていて、しかもバラしちゃいそうなのは……ひとりしか思《おも》いうかばない。

あれこれ考《かんが》えているうちに一時間目《じかんめ》のベルが鳴《な》る。ホームルームの教室《きょうしつ》からずいぶんはなれちゃったから、大急《おおいそ》ぎで向《む》かわなきゃ。

ホームルームが始《はじ》まって先生《せんせい》が出席《しゅっせき》を取《と》る間《あいだ》も、連絡事項《れんらくじこう》を伝《つた》える間《あいだ》も、私《わたし》はトレヴァーのことをずっと考《かんが》えていた。このときしていた妄想《もうそう》はこんな感《かん》じ。

私《わたし》たちの学年《がくねん》は、ワザビーにある古《ふる》くて大《おお》きなお屋敷《やしき》に校外学習《こうがいがくしゅう》に行《い》くの。班《はん》ごとに分《わ》かれて見学《けんがく》するんだけど、私《わたし》とトレヴァーは同《おな》じ班《はん》なんだ。

お屋敷《やしき》の見学《けんがく》が終《お》わると、私《わたし》たちの班《はん》は庭園《ていえん》にもどって、イチイの生垣《いけがき》で作《つく》られた巨大《きょだい》な庭園《ていえん》めいろを探検《たんけん》しはじめる。

トレヴァーと私《わたし》は、ふたりで行《い》きどまりにまよいこんじゃうの。引《ひ》きかえそうと後《うし》ろをふりかえったそのとき、まだ六月《がつ》だって言《い》うのに、はらはらと雪《ゆき》がふっていることに気《き》がつく。

「なあ、あれなんだろう?」

トレヴァーが、しげみの奥《おく》の小《ちい》さなとびらを指《ゆび》さす。

「わかんない。見《み》てみようよ。雪《ゆき》がやむまで、とびらの向《む》こうで待《ま》たせてもらえるかもしれないし」

とびらを開《あ》けると、そこはまるで別世界《べっせかい》。

雪《ゆき》は消《き》えさり、庭園《ていえん》めいろもなくなっている。お屋敷《やしき》も他《ほか》の生徒《せいと》たちも、そこには存在《そんざい》しない。そこはもう、ワザビーじゃないの。もしかしたら、地球《ちきゅう》ですらないのかも。四次元《よじげん》の世界《せかい》かもしれない。
でも、そんなのどうだっていい。ここがどこだろうと、私《わたし》たちはふたりきり
……。

「クラウディア?」

先生《せんせい》に呼《よ》びかけられて現実《げんじつ》にもどる。

あーあ。これからもっとロマンチックなところだったのに。

「はい?」

今《いま》は数学《すうがく》の授業中《じゅぎょうちゅう》だ。この時点《じてん》で、私《わたし》は朝《あさ》から三回目《かいめ》の妄想《もうそう》にふけっていたというわけ。

「宿題《しゅくだい》を提出《ていしゅつ》してもらえるかい?」

数学《すうがく》のピーターズ先生《せんせい》が心《こころ》の底《そこ》から心配《しんぱい》だという顔《かお》つきで、私《わたし》をじっと見《み》つめている。他《ほか》の教科《きょうか》の先生《せんせい》たちも、だいたい同《おな》じ顔《かお》で私《わたし》を見《み》てくる。

「あっ、もちろんです」

ノートにはさんでおいた宿題《しゅくだい》のプリントを取《と》りだして、みんなが提出《ていしゅつ》している束《たば》の上《うえ》に置《お》く。

全問正解《ぜんもんせいかい》だっていうことは、わかっている。だって週末《しゅうまつ》の見守《みまも》り役《やく》はジャニーンだったんだもん。

もう想像《そうぞう》がつくだろうけど、ジャニーンは数学《すうがく》にかけてはちょっとうるさいの。

「クラウディア、クラウディア」

ジャニーンはいつも、先生《せんせい》たちと同《おな》じくらい心配《しんぱい》そうに私《わたし》を呼《よ》ぶ。

「整数《せいすう》と偶数《ぐうすう》の区別《くべつ》がついていないようね。プラスやマイナスを問《と》わず、整数《せいすう》は偶数《ぐうすう》か奇数《きすう》のいずれかに分類《ぶんるい》されるの」

まあたしかに、このアドバイスで問題《もんだい》は解決《かいけつ》したんだけどさ。私《わたし》と話《はな》すときのジャニーンって、どうしてあんなにふつうっぽくないんだろう？「問《と》わず」とか「いずれかに」とか、ふだんから使《つか》う人《ひと》いる？

小《ちい》さいころはジャニーンとなかよしだったんだけどな。いっしょに遊《あそ》んだし、楽《たの》しかった。今《いま》じゃ信《しん》じられないけど、昔《むかし》はジャニーンとふつうにおしゃべりしてたんだよ。

数学《すうがく》の授業《じゅぎょう》が終《お》わって、ノロノロと次《つぎ》の国語《こくご》の教室《きょうしつ》へと向《む》かう。

この数週間《すうしゅうかん》、国語《こくご》の時間《じかん》がいやでたまらない。ここのところ勉強《べんきょう》している、『森《もり》と池《いけ》の物語《ものがたり》』っていうお話《はなし》が原因《げんいん》なんだ。

正直《しょうじき》に言《い》っちゃうけど、全然《ぜんぜん》わからないんだよね。言葉《ことば》の意味《いみ》がわからないってことじゃないの。書《か》かれている言葉《ことば》は、全部《ぜんぶ》知《し》ってる。

ただ、この物語《ものがたり》から学《まな》ぶことがないっていうだけ。昔《むかし》の子《こ》どもたちがしょっちゅうリス狩《が》りをしていたっていうのは、これを読《よ》んで初《はじ》めて知《し》ったけど。

物語《ものがたり》には、そこに書《か》かれている以上《いじょう》の、なんらかのメッセージみたいなものがあるっていうのはわかるんだけど、この物語《ものがたり》に関《かん》しては、それがなんなのかわからないの。そもそも興味《きょうみ》もわかないし。

つまんなすぎて、てきとうに読《よ》んでるのが良《よ》くないのかな……。家《いえ》で読《よ》んでる、少女探偵《しょうじょたんてい》ナンシー・ドルーのお話《はなし》の方《ほう》がだんぜん好《す》き。

今日《きょう》の授業《じゅぎょう》では『森《もり》と池《いけ》の物語《ものがたり》』を音読《おんどく》させられた。あと、先週《せんしゅう》やった単語《たんご》の小《しょう》テストが返《かえ》されたんだ。私《わたし》は七十点《てん》だった。

こんな点数《てんすう》じゃ、うちの家族《かぞく》はだれも喜《よろこ》ばないだろう。私《わたし》ですら、うれしくないもん。

「十月《がつ》」のスペルはO-C-T-O-B-E-Rだよね。なのに私《わたし》ったらO-C-O-B-E-Rって書《か》いちゃってる……。もっと集中《しゅうちゅう》して、クラウディア！


ああ、やっとお昼《ひる》だ。カフェテリアに来《く》ると、ほっとする。

「ステイシー！」

ランチを買《か》う行列《ぎょうれつ》の前方《ぜんぽう》にステイシーが見《み》えたから、私《わたし》は声《こえ》をかけたの。

「いつものテーブルに、私《わたし》の席《せき》を取《と》っておいてくれる？」

ステイシーが私《わたし》に向《む》かってうなずく。

いつもなら、ステイシーのところから列《れつ》に入《はい》っちゃうんだけど、この日《ひ》はステイシーのとなりに、ルールにうるさいアレクサンダー・カーツマンがいたからやめておいた。仕方《しかた》なく、列《れつ》の後《うし》ろにならぶ。

カフェテリアを見《み》わたすと、クリスティとメアリー・アンが三人《にん》の女《おんな》の子《こ》たちといっしょにすわっているのが見《み》えた。

いっしょにいる三人《にん》は、ローレン・ホフマンと、ふたごのマリア・シラバーとミランダ・シラバーだ。

シラバー姉妹《しまい》は顔《かお》も服《ふく》も、うりふたつなの。この年《とし》でおそろいの服《ふく》を着《き》るとか、信《しん》じられない。でもクリスティとメアリー・アンの友《とも》だちだから、子《こ》どもっぽくても仕方《しかた》ないか。

あ、そうだ！　口《くち》が軽《かる》いクリスティ・トーマスさんに、あとでたしかめなきゃいけないことがあるんだった。

私《わたし》は自分《じぶん》のランチを受《う》けとると、ステイシーのいるテーブルにすわった。

いつも同《おな》じテーブルにすわる男《おとこ》の子《こ》三人《にん》と、私《わたし》たち女《おんな》の子《こ》四人《にん》のメンバーは、全員《ぜんいん》カフェテリアのランチを食《た》べている。男《おとこ》の子《こ》たちは毎回《まいかい》アメフトチーム顔負《かおま》けの量《りょう》を平《たい》らげちゃうんだけど、今日《きょう》はデザートを三人《にん》で八つも取《と》ってきている。

「その量《りょう》で足《た》りる？」

牛乳《ぎゅうにゅう》パックを開《あ》けて、お皿《さら》を食《た》べやすい位置《いち》に直《なお》しながら、私《わたし》は男子《だんし》のひとり、ピート・ブラックにたずねた。

「これだけあれば、いい作品《さくひん》ができるね」

ピートの答《こた》えに私《わたし》は笑《わら》いながら「ダメだよ！　今日《きょう》はやめて！」ってたしなめたんだ。男《おとこ》の子《こ》たちは学校《がっこう》につまようじを持《も》ってきていて、牛乳《ぎゅうにゅう》パックや食《た》べのこしを使《つか》って作品《さくひん》を作《つく》っちゃうんだもん。

この前作《まえつく》ったのは音楽《おんがく》のピネリ先生《せんせい》。リンゴの頭《あたま》にめんの髪《かみ》の毛《け》、目《め》はブドウだった。私《わたし》たちは食《た》べ物《もの》で遊《あそ》んじゃダメっておこったんだよ。

同《おな》じテーブルにすわる女《おんな》の子《こ》、ドリアン・ウォーリンフォードは、そんな男《おとこ》の子《こ》たちを気《き》にする様子《ようす》もなく、悲《かな》しそうな表情《ひょうじょう》でチキンを少《すこ》しずつかじっていた。ドリアンってときどき、ハッとするほどドラマチックな表情《ひょうじょう》をするんだ。

「どうしたの？」

私《わたし》がたまらずたずねると、ドリアンは大《おお》きなため息《いき》をついた。その瞬間《しゅんかん》、男《おとこ》の子《こ》たちも食《た》べ物《もの》にがっつくのをやめて、ドリアンの方《ほう》を見《み》たの。

「昨日《きのう》の夜《よる》、どろぼうに入《はい》られたの」

おどろきのあまり、私《わたし》はフォークを落《お》としちゃった。

「ドリアンの家《いえ》に？」

「その……正確《せいかく》には私《わたし》の家《いえ》じゃないわ」

「正確《せいかく》にはだれの家《いえ》なの？」

「おばあちゃんとおじいちゃんの家《いえ》よ。手口《てぐち》がにているの……あの怪盗《かいとう》サイレンスに！」

しばらくの間《あいだ》、私《わたし》の心臓《しんぞう》は止《と》まっていたと思《おも》う。

「今《いま》、怪盗《かいとう》サイレンスって言《い》った⁉」

私《わたし》が思《おも》わずかん高《だか》い声《こえ》できさかえすと、ドリアンは悲《かな》しげにうなずく。

「おばあちゃんたちは、ど、どこに……住《す》んでるの？」

ビクビクしながらも、私《わたし》はたずねた。

「ニューホープよ」

ドリアンがチキンを口《くち》に運《はこ》ぶ。

私《わたし》はほっとしてため息《いき》が出《で》ちゃった。じゃあ怪盗《かいとう》サイレンスはストーニーブルックには来《き》ていないんだね。

「へえ、そっか。ニューホープね。なら良《よ》かった」

「クラウディア、どういうつもり？　おばあちゃんは、サファイアとダイヤがついた大切《たいせつ》な婚約指輪《こんやくゆびわ》に、ダイヤのチョーカーまでぬすまれたのよ？」

「ちがうの、ごめんね、ドリアン。なんて言《い》うか……このストーニーブルックで被害《ひがい》が出《で》なくて良《よ》かったなってこと。そう思《おも》うでしょ？」

ドリアンは不思議《ふしぎ》そうに私《わたし》を見《み》てから「まあね」って言《い》ったの。

ランチを食《た》べおわると、私《わたし》は同《おな》じテーブルにすわるエミリー・バーンスタインとお手洗《てあら》いに向《む》かった。

鏡《かがみ》の前《まえ》で念入《ねんい》りに髪型《かみがた》を直《なお》す私《わたし》に、となりで手《て》を洗《あら》っていたエミリーが顔《かお》を近《ちか》づけて、ささやいてきたの。

「ねえ、トレヴァー・サンドボーンとは、どうなってるの？」

また私《わたし》の心臓《しんぞう》が止《と》まった。こんなに心臓《しんぞう》が止《と》まっていたら、私《わたし》、十三才《さい》まで生《い》きられないかもしれない。その場《ば》で個室《こしつ》にだれもいないことを確認《かくにん》して、私《わたし》は返《へん》事《じ》をする。

「どうもなってない。ていうか、それなんの話《はなし》?」

「クラウディアがトレヴァーを好《す》きだっていう話《はなし》」

「だれからきいたの?」

「ドリアンだよ」

「ドリアンは、だれからきいたの?」

エミリーは肩《かた》をすくめて「わかんない」って言《い》う。

「そっか。まあだれがしゃべったのかは、知《し》ってるんだけど。クリスティ・トーマスの口《くち》はすっごく軽《かる》いからね」

「クリスティ⁉　でもクリスティはこんな話《はなし》、興味《きょうみ》ないでしょ?」

エミリーがおどろいたように、ききかえす。

「さあ、どうだか」

たしかにエミリーの言《い》うことも一理《いちり》ある。私《わたし》の知《し》るかぎり、クリスティはこういう話《はなし》に興味《きょうみ》がない。

でも、今《いま》はどうだか知《し》らないけど、昔《むかし》のクリスティは口《くち》が軽《かる》かったもん。

私《わたし》は手《て》をふいたペーパータオルをくしゃくしゃに丸《まる》めてゴミ箱《ばこ》へ投《な》げすてた。

「エミリー、ステイシーたちが待《ま》ってる。カフェテリアへもどろう」

そう言《い》って、エミリーとふたりでろうかに出《で》ると、そこでぐうぜん、クリスティとメアリー・アンに出《で》くわした。

「余計《よけい》なことしてくれて、どうもありがとう！」

私《わたし》はクリスティに向《む》かって嫌味《いやみ》たっぷりに言《い》う。

「なんのこと？」

クリスティがきょとんとした顔《かお》できかえしてくる。その様子《ようす》を見《み》たエミリーは、片方《かたほう》のまゆをあげて、そのままカフェテリアへもどっていったんだ。

私《わたし》はクリスティを真正面《ましょうめん》に見《み》すえて、はっきり言《い》ってやることにした。

「よくもトレヴ――」

自分《じぶん》が大声《おおごえ》でさけんでいるのに気《き》がついて、そこで声《こえ》を落《お》とす。

「――トレヴァーのことを話《はな》してくれたわね」

「えっ！　あたし話《はな》してないよ！」

クリスティも声《こえ》を落《お》として反論《はんろん》する。

「とぼけないでよ。みんな知《し》ってるみたいだけど？　アラン・グレイにまで言《い》われたんだから」

「なんであたしが、わざわざアランなんかに話《はな》すわけ？」

クリスティの反論《はんろん》がもっともすぎて、私《わたし》はその場《ば》で固《かた》まっちゃった。

「わかんない……なんでだろ」

「あたしだって、わかんないよ」

やば。クリスティをうたがうなんて、悪《わる》いこと

しちゃった。

「ごめん、クリスティ。みんなが私《わたし》のひみつを知《し》ってるから、混乱《こんらん》しちゃって……」

「トレヴァーのことをだれか他《ほか》の人《ひと》にも話《はな》したの？」

メアリー・アンがたずねる。

「ふたりとステイシーだけだよ」

「私《わたし》もだれにも言《い》ってないわよ」

メアリー・アンが力強《ちからづよ》く否定《ひてい》する。

「そうだよね。それに、ステイシーもしゃべってないと思《おも》う」

私《わたし》が付《つ》けくわえる。

「ミステリーだね」

クリスティの言《い》う通《とお》り、ほんと、ミステリーだ。

ふだんならこの言葉《ことば》をきいてワクワクするところだけど、みんなに自分《じぶん》のひみつを知《し》られているなんて、全然《ぜんぜん》ワクワクしない。

取《と》りみだしてクリスティを責《せ》めちゃうなんて、悪《わる》かったな。

「ごめんね」

私《わたし》はもう一度《いちど》クリスティにあやまった。それでもなんだか不安《ふあん》で、たしかめるようにたずねる。

「ねえ、今日《きょう》の放課後《ほうかご》、ミーティングで会《あ》えるよね？」

「そうだね」

クリスティはそう言《い》うとメアリー・アンといっしょにお手洗《てあら》いへと入《はい》っていく。

私《わたし》はふうっと息《いき》をついてからカフェテリアへもどった。


そんな感《かん》じでハプニングもあったけど、今日《きょう》はいいことがふたつあったの。

ひとつ目《め》はもちろん、朝《あさ》にトレヴァーを見《み》かけたっていうこと。

ふたつ目《め》は、下校直前《げこうちょくぜん》の校内放送《こうないほうそう》と関係《かんけい》がある。

テイラー校長先生《こうちょうせんせい》は午後《ごご》の校内放送《こうないほうそう》で、いろいろな連絡事項《れんらくじこう》について話《はな》したあと、こう続《つづ》けた。

「みなさん、十月《がつ》三十一日《にち》、金曜日《きんようび》は——ハロウィンです」

そんなの当《あ》たり前《まえ》じゃん。

「それに合《あ》わせて、今年度《こんねんど》初《はじ》めてのダンスパーティー『ハロウィン・ホップ』を第一体育館《だいいちたいいくかん》で開催《かいさい》します。時間《じかん》は四時《じ》から六時《じ》までです。仮装《かそう》する必要《ひつよう》はありませんが、もちろん仮装《かそう》は大《だい》かんげいです。みなさんの参加《さんか》を楽《たの》しみにしています。なお、ダンス委員会《いいんかい》は終業《しゅうぎょう》ベルのあとすぐに、校長室《こうちょうしつ》で十五分間《ふんかん》のミーティングを行《おこな》います。以上《いじょう》で放送《ほうそう》を終《お》わります。すばらしい午後《ごご》を」

うっとりしてほう、とため息《いき》が出《で》ちゃう。

ハロウィン・ホップかあ……。七年生《ねんせい》になって初《はじ》めてのダンスパーティーだね。

トレヴァーは行《い》くのかな？　ていうか、トレヴァーは私《わたし》をさそってくれるかな？

いやいや、トレヴァーが私《わたし》のことを知《し》らなかったら無理《むり》じゃん。知《し》りあってなきゃ、さそってもらえるはずがない。

はあーっ。このため息《いき》は、絶望《ぜつぼう》のため息《いき》。どうやったら、トレヴァーと知《し》り合《あ》いになれるんだろう……。

5 あやしい明《あ》かり

「ハーイ！　ハーイ！」

玄関《げんかん》ドアをいきおいよく開《あ》けたジェイミー・ニュートンは、うれしそうな顔《かお》で私《わたし》をむかえてくれた。三才《さい》のジェイミーは、特《とく》にクリスティと私《わたし》になついてくれているんだ。

「ハーイ、ジェイミー！　遊《あそ》ぶ準備《じゅんび》はできてる？」

「うん！」

「いらっしゃい、クラウディア。時間《じかん》ぴったりね」

母親《ははおや》のニュートンさんも出《で》むかえてくれる。

私《わたし》はニュートンさんのことが大《だい》、大《だい》、大好《だいす》きなの。学校《がっこう》のことをきいてこないし、いつも私《わたし》のアートの話《はなし》をきいてくれるんだ。あと、私《わたし》のファッションを好《す》きって言《い》ってくれるの！

ニュートンさんは妊娠中《にんしんちゅう》で、ジェイミーには、もうすぐ弟《おとうと》か妹《いもうと》がうまれる。ほんとに、あとちょっとでうまれるんだよ。

ニュートンさんのおなかはあまりに大《おお》きくて、立《た》っていると前《まえ》にたおれちゃうんじゃないかって心配《しんぱい》になっちゃう。

「まあ、クラウディア、すてきなバレッタね！　どこで買《か》ったの？」

ニュートンさんが私《わたし》のバレッタを見《み》て言《い》う。リボンをつけたテディベアのバレッタだよ。

「『メリーゴーランド』です。三ドル七十五セントだったかな」

「そうなの。じゃあ私《わたし》も買《か》おうかしら。もちろん、私用《わたしよう》じゃなくて、赤《あか》ちゃん用《よう》よ。私《わたし》はどちらかって言《い》うと、『女《おんな》の子《こ》』がいいなって思《おも》っているから」

ニュートンさんは「女《おんな》の子《こ》」の部分《ぶぶん》だけヒソヒソ声《ごえ》で話《はな》した。私《わたし》は何《なに》も言《い》わず、笑顔《えがお》を返《かえ》す。

「なんで小声《こごえ》なのかって言《い》うとね、ジェイミーは『男《おとこ》の子《こ》』がいいみたいなの」

今度《こんど》は「男《おとこ》の子《こ》」の部分《ぶぶん》が、ヒソヒソ声《ごえ》になっている。

「ところで、アート教室《きょうしつ》の調子《ちょうし》はどう？　今《いま》はどんな課題《かだい》をやってるの？」

「油絵《あぶらえ》をふたつかいています。まだ油絵《あぶらえ》は始《はじ》めたばかりだけど、ミミの肖像画《しょうぞうが》と静物画《せいぶつが》を制作中《せいさくちゅう》です」

「静物画《せいぶつが》は何《なに》をかいているの？」

「卵《たまご》とチェック柄《がら》のナプキン、木《き》のスプーン、それと水差《みずさ》しです」

「卵《たまご》かあ！　むずかしそうね」

「ええ、むずかしいです。でも楽《たの》しいですよ」

ニュートンさんが自分《じぶん》のうで時計《どけい》に目《め》をやる。

「あら、そろそろ行《い》かないと。今日《きょう》はまず病院《びょういん》に行《い》ってかんたんな検査《けんさ》をしてから、ゆうびん局《きょく》によって、そのあと食料品《しょくりょうひん》の買《か》い出《だ》しをしてくるだけよ。五時《じ》までには帰《かえ》るつもりだけど、もう少《すこ》し早《はや》く帰《かえ》れるかもしれない。緊急連絡先《きんきゅうれんらくさき》は知《し》ってるわよね？」

「はい。今日《きょう》もジェイミーといっしょに遊《あそ》んで待《ま》っていますね」

私《わたし》はニュートンさんに向《む》かって返事《へんじ》をしてから、ジェイミーに声《こえ》をかける。

「外《そと》で遊《あそ》びたいよね、ジェイミー？」

「うん！」

どんよりとしたくもり空《ぞら》だったけど、ジェイミーが賛成《さんせい》してくれて良《よ》かった。怪盗《かいとう》サイレンスのことが少《すこ》しこわかったから、家《いえ》の中《なか》にいたくなかったんだ。

そりゃあね、私《わたし》だってわかってるんだよ。怪盗《かいとう》サイレンスの犯行時刻《はんこうじこく》は、ほとんどが夜《よる》だし、ストーニーブルックでの被害《ひがい》は今《いま》のところない。わかってはいるんだけど、それでもやっぱりこわいものはこわい。

ニュートンさんが出《で》かけると、私《わたし》はジェイミーに上着《うわぎ》を着《き》せて、裏庭《うらにわ》へ出《で》る。

ニュートン家《け》の裏庭《うらにわ》は小《ちい》さい子《こ》が遊《あそ》ぶのにぴったりな場所《ばしょ》なんだ。高《たか》い防犯用《ぼうはんよう》フェンスに取《と》りかこまれていて、すべり台《だい》とブランコが一体《いったい》になった遊具《ゆうぐ》とジャングルジムが置《お》かれている。

私《わたし》は、ジェイミーが乗《の》るブランコを後《うし》ろからおしていた。

しばらくすると、ジェイミーはブランコから飛《と》びおりて、ジャングルジムの方《ほう》へ走《はし》っていったの。私《わたし》に見《み》せたい新《あたら》しいわざがあるみたい。

ジェイミーを見《み》ながら、ふと家《いえ》の方《ほう》に目《め》をやると、だれもいないはずの室内《しつない》で、パッと明《あ》かりがついた。

私《わたし》は心臓《しんぞう》が飛《と》びでるほどおどろいた。明《あ》かりに照《て》らされて、一階《かい》のリビングの様子《ようす》が見《み》える。あの明《あ》かりは玄関《げんかん》ホールの照明《しょうめい》みたい。

背筋《せすじ》がゾクゾクする。うで時計《どけい》を見《み》ると、四時《じ》だった。ニュートンさんは、まだ病院《びょういん》にいるころだ。

もしニュートンさんが帰《かえ》ってきたのなら、車《くるま》が入《はい》ってくる音《おと》と、ドアをしめる音《おと》がきこえるはずだよね？

目《め》をこらして家《いえ》の中《なか》を見《み》ていると、明《あ》かりはとつぜんフッと消《き》えた。

思《おも》わず息《いき》をのむ。私《わたし》の見《み》まちがい……かな。気《き》にしないことにしよう。

「ねえ、ぼくはだーれだ？」

ジェイミーがすべり台《だい》のおしまいのところに立《た》って、大声《おおごえ》でクイズを出《だ》してきた。胸《むね》をたたいてさけび声《ごえ》をあげている。

「アー！　アーアァ～アーアァ～！」

「ピーターラビットかな?」

「ちがーう!」

ジェイミーが笑《わら》いながら言《い》う。

「じゃあスーパーマン?」

「ちがーう!」

「ターザンじゃないしなあ」

「ピンポン! ターザンだよ」

そのとき、電話《でんわ》が鳴《な》りだした。私《わたし》は、すぐに家《いえ》の中《なか》を見《み》たの。

「あ、電話《でんわ》の音《おと》がする。パパかもしれない」

ジェイミーが言《い》う。気《き》づかないでほしかったな……。電話《でんわ》は無視《むし》するつもりだったのに。

「来《き》て!」

ジェイミーが家《いえ》に向《む》かってかけていく。

わかってる。電話《でんわ》は取《と》らなきゃいけない。ベビー・シッターとして、電話《でんわ》に出《で》るのも私《わたし》の仕事《しごと》のうちだもん。

でも今回《こんかい》はこわすぎて無理《むり》。私《わたし》はその場《ば》でしゃがみこむと、ジェイミーに向《む》かって言《い》う。

「ちょっと待《ま》って。くつひもがほどけちゃったの」

くつひもをのろのろほどいて、のろのろ結《むす》びなおす。そのおかげで、裏口《うらぐち》にいるジェイミーに追《お》いつくころには、電話《でんわ》は鳴《な》りやんでいた。

「ごめん、ジェイミー。もしもパパだったら、もう一回《かい》かけてくるはずだよ」

「そうだね」

ジェイミーはおこっていないみたいで、そのままテラスにこしを下《お》ろしてダンプトラックで遊《あそ》びはじめたんだ。

しばらく遊《あそ》ぶと、ジェイミーがピタリと動《うご》きを止《と》めて言《い》った。

「……ねえ、あれ何《なに》？」

「なんのこと？」

「あの音《おと》だよ」

「どの音《おと》?」

パタ、パタ、パタ。

「ほら、あの音《おと》だよ」

私《わたし》にもきこえた。だれかが玄関前《げんかんまえ》の庭《にわ》を歩《ある》く音《おと》だ。防犯《ぼうはん》フェンスの向《む》こう側《がわ》からきこえる。

やだ、どうしよう! さっきの明《あ》かりのこともあるし、ジェイミーを連《つ》れて家《いえ》の中《なか》ににげるのは危険《きけん》かも。

でも裏庭《うらにわ》から出《で》るためには、フェンスとつながるガーデンドアを開《あ》けなきゃならない。ドアの向《む》こう側《がわ》は玄関前《げんかんまえ》の庭《にわ》だ。

「新聞配達《しんぶんはいたつ》の人《ひと》かもね」

そう言《い》ってみたんだけど、ジェイミーは首《くび》を横《よこ》にふる。

「新聞配達《しんぶんはいたつ》の人《ひと》は家《いえ》まで来《こ》ないよ。通《とお》りに立《た》って、そこから花《はな》が植《う》えてあるところに投《な》げこむんだ」

パタ、パタ、パタ。

「ねえ――」

私《わたし》はヒソヒソ声《ごえ》で話《はな》しかけた。

「スパイごっこしようか。音《おと》をたてずにフェンスのところまで行《い》って、ガーデンドアの近《ちか》くにある穴《あな》からのぞいてみよう」

「わかった」

ジェイミーもささやきかえしてくれた。

私《わたし》はジェイミーの手《て》をとって、足音《あしおと》をたてないように芝生《しばふ》を横切《よこぎ》り、ドアのところへたどりついた。

片目《かため》をつぶって、開《ひら》いている方《ほう》の目《め》をそーっと穴《あな》へ近《ちか》づける。

すると、穴《あな》の向《む》こう側《がわ》から青《あお》い目玉《めだま》がこちらを見《み》ていたの！

「ギャーーーッ！」

私《わたし》は大《おお》きな悲鳴《ひめい》をあげた。ジェイミーも私《わたし》につられてさけぶ。

そしてなぜか、青《あお》い目玉《めだま》の持《も》ち主《ぬし》もさけんでいたの。

あれ？　この声《こえ》、すっごくきいたことがある。

「……クリスティなの？」

「クラウディア？」

ガーデンドアが開《ひら》くと、クリスティがふるえながら入《はい》ってきた。

「いったい何《なに》してるの？」

おどろきすぎて思《おも》わず声《こえ》が大《おお》きくなる。

「クラウディアをさがしてたんだよ……ハーイ、ジェイミー」

「ハーイ、ハーイ」

「てっきり……その、例《れい》のヤツかと思《おも》ったじゃない」

私《わたし》はジェイミーをこわがらせたくなくて、クリスティにすばやく目配《めくば》せをする。

ジェイミーの前《まえ》で怪盗《かいとう》サイレンスの名前《なまえ》を出《だ》したくないからね。

「おどろかせてごめん。今日《きょう》はママが早《はや》く帰《かえ》ってきたから、デイヴィッド・マイケルのめんどうを見《み》なくてよくなったんだ」

クリスティの家《いえ》では、ママが仕事《しごと》から帰《かえ》るまで放課後《ほうかご》の時間《じかん》は、クリスティとふたりのお兄《にい》ちゃんたちが一日《にち》ずつ交代《こうたい》で末《すえ》っ子《こ》のデイヴィッド・マイケルのめんどうを見《み》ることになっているの。

「クラウディアがここでベビー・シッターをしているのを知《し》ってたし、ママがニュートンさんの奥《おく》さんにわたしたいものもあったから、とどけに来《き》たんだ。それに、クラウディアがどんな様子《ようす》か気《き》になっていたし。その……例《れい》のヤツのことが心配《しんぱい》だったから」

「ニュートン家《け》の明《あ》かりをつけたのはクリスティ？」

私《わたし》がたずねると、クリスティはうなずいた。

「ニュートンさんは料理《りょうり》をするのが大変《たいへん》だろうからって、ママがキャセロールを作《つく》ったんだ。なべごと持《も》ってきたから、冷蔵庫《れいぞうこ》にたどりつくまでに何《なに》かにつまずかないように、明《あ》かりをつけたんだよ。それから家《いえ》の外《そと》に出《で》て、ふたりをさがしていたんだ」

「じゃあ、電話《でんわ》をかけてきたのは、クリスティじゃないってことか……」

私《わたし》のひと言《こと》でクリスティの目《め》が真《ま》ん丸《まる》になる。

「電話《でんわ》がかかってきたの？」

「少《すこ》し前《まえ》にね。クリスティが外《そと》で私《わたし》たちをさがしているころだよ」

「電話《でんわ》を取《と》ったの？」

「ううん、あの……間《ま》に合《あ》わなかったの」

「あれは絶対《ぜったい》にパパからだったよ」

そう確信《かくしん》するジェイミーの横《よこ》で、私《わたし》とクリスティは同《おな》じことを考《かんが》えながら、顔《かお》を見合《みあ》わせていた。

「あたし、もう少《すこ》しここにいた方《ほう》がいい？」

クリスティがそう言《い》ってくれたから、私《わたし》とジェイミーは声《こえ》をそろえて「うん！」って答《こた》えたの。同《おな》じ返事《へんじ》でも、私《わたし》とジェイミーの理由《りゆう》はそれぞれちがう。

おしゃべりで子《こ》どもっぽいところもあるけど、クリスティは私《わたし》にとってすごくいい友《とも》だちだ。

6 まさか近《ちか》くに⁉

今夜《こんや》の宿題《しゅくだい》の見守《みまも》り役《やく》は、ジャニーン。細《こま》かいことをいちいち、くどくど、くどくど言《い》ってくる。

ジャニーンは、まちがいを見《み》つけすぎなんだよ。先生《せんせい》たちでさえ、あの量《りょう》の半《はん》分《ぶん》も気《き》がつかないいんじゃないかな。

宿題《しゅくだい》が終《お》わったころ、外《そと》では大《おお》きな雷《かみなり》の音《おと》が鳴《な》りひびいていた。

「あら、季節《きせつ》はずれの嵐《あらし》かしら」

ジャニーンが言《い》う。

「うわあ、でも、こういうの大好《だいす》き。なんだかゾクゾクしちゃう」

私《わたし》は、雷《かみなり》の思《おも》い出《で》をジャニーンと語《かた》りあいたくなった。

「ねえ、ジャニーン？」

「ん？」

「覚《おぼ》えてる？　小《ちい》さいころ、雷《かみなり》が鳴《な》ると『キャンプごっこだ！』って言《い》ってママとパパのベッドの下《した》にもぐりこんだよね？」

「覚《おぼ》えているわ。『キャンプごっこ』のフリをしていたけど、本当《ほんとう》はただこわくて、かくれていただけだった」

「そうそう」

私《わたし》はなつかしい気持《きも》ちになっていた。でもジャニーンはちがうみたい。

「とても興味深《きょうみぶか》いわ。心理学的《しんりがくてき》な意味《いみ》でね。恐怖《きょうふ》のプロセスっていうのはね……」

え、待《ま》って。すてきな秋《あき》の嵐《あらし》の思《おも》い出《で》について話《はな》していたのに、どうして「恐《きょう》怖《ふ》のプロセス」なんていう話《はなし》になっちゃうわけ？

「ジャニーン？」

「何《なに》？」

「ちょっとだまってくれる？」

ジャニーンは私《わたし》をにらみつけると、つかつかと部屋《へや》を出《で》ていった。

あーあ、またやっちゃった。

ジャニーンとなかよくなるには努力《どりょく》が必要《ひつよう》だってミミも言《い》ってたのに……。次《つぎ》にジャニーンと話《はな》すときは、すぐにあきらめず、会話《かいわ》を続《つづ》ける努力《どりょく》をしなきゃ。

私《わたし》はラジオをつけて、地元《じもと》のラジオ局《きょく》に周波数《しゅうはすう》を合《あ》わせた。

ラジオをBGM《ビージーエム》代《が》わりに静物画《せいぶつが》をかいていく。うーん、卵《たまご》からのびる影《かげ》の形《かたち》ってむずかしい。

「まずお伝《つた》えするのは、地元《じもと》のニュースからです」

とつぜん、ニュースキャスターの声《こえ》が耳《みみ》に飛《と》びこんでくる。

「ニュージャージー州《しゅう》を南下《なんか》する盗難車《とうなんしゃ》の車内《しゃない》で怪盗《かいとう》サイレンスと呼《よ》ばれるせっとう犯《はん》がもくげきされました。現在《げんざい》も州警察《しゅうけいさつ》が追跡《ついせき》しているもようです。詳細《しょうさい》はのちほど」

「やった！　怪盗《かいとう》サイレンスが遠《とお》くに行《い》った！」

ラジオの電源《でんげん》を切《き》った私《わたし》は、受話器《じゅわき》をひっつかんでステイシーに電話《でんわ》をかけた。

「ねえ、きいて！　ビッグニュースだよ！　なんだと思《おも》う⁉」

「うれしそうな声《こえ》ね。何《なに》があったの？」

ステイシーはワクワクした様子《ようす》できさかえしたけど、すぐにこう続《つづ》けた。

「あっ、待《ま》って。トレヴァーが電話《でんわ》をかけてきたんでしょ？　私《わたし》、わかってたよ！　トレヴァーはクラウディアのこと……」

「ステイシー、ステイシー。ちがうよ」

大《おお》きくふくらんだ風船《ふうせん》が、しぼんじゃった気分《きぶん》。あいにく話《はな》そうと思《おも》っていた用件《ようけん》は、トレヴァーからの電話《でんわ》ほど大《だい》こうふんするような話《はなし》じゃない。

「トレヴァーから電話《でんわ》はかかってきてない。別《べつ》の話《はなし》をしようと思《おも》ったの」

「え……そうなんだ」

ステイシーが気《き》まずそうに言《い》う。

「怪盗《かいとう》サイレンスが遠《とお》くへ行《い》ったの。さっきラジオできいたんだ」

「うそでしょ！」

「ほんと。ニュージャージーを南《みなみ》に下《くだ》っているんだって。私《わたし》たちからはなれていってるの。警察《けいさつ》が追跡中《ついせきちゅう》らしいよ」

「ああ、早《はや》くつかまってほしいわね」

「まあ、つかまらなかったとしても、私《わたし》たちとはもう無《む》関《かん》係《けい》だよ。これで怪《かい》盗《とう》サイレンスのことを永《えい》遠《えん》にわすれられる」

しばらく話《はな》してから電《でん》話《わ》を切《き》り、クリスティとメアリー・アンにも立《た》て続《つづ》けに電《でん》話《わ》をかけた。

これでようやく、ひと安《あん》心《しん》だね。


次《つぎ》の日《ひ》の夜《よる》、私《わたし》はマーシャル家《け》でニーナとエレノア姉《し》妹《まい》のシッターをしていた。

午《ご》後《ご》七時《じ》半《はん》。私《わたし》はキッチンで三才《さい》のニーナのために牛乳《ぎゅうにゅう》を注《そそ》いでいたの。

室《しつ》内《ない》にはラジオがうっすらとかかっている。一才《さい》のエレノアは、もう寝《ね》てしまっていて、ニーナは奥《おく》の部《へ》屋《や》でテレビを見《み》ていた。

ラジオでは、夜《よる》のニュース番《ばん》組《ぐみ》が始《はじ》まった。最《さい》初《しょ》は怪《かい》盗《とう》サイレンスについての続《ぞく》報《ほう》みたい。

私《わたし》は「ああ、良《よ》かった。警《けい》察《さつ》がつかまえてくれたんだ」って思《おも》ったの。

でも、その予想《よそう》はまちがっていた。むしろ真逆《まぎゃく》の内容《ないよう》だったんだ。

「怪盗《かいとう》サイレンスと思《おも》われた人物《じんぶつ》は取《と》りおさえられましたが、この人物《じんぶつ》は怪盗《かいとう》サイレンスではありませんでした。怪盗《かいとう》サイレンスは、いまだ逃走中《とうそうちゅう》です」

いまだ逃走中《とうそうちゅう》！　なんておそろしいの。それじゃあ怪盗《かいとう》サイレンスは、どこにいてもおかしくないってこと？　もしかしたらマーシャル家《け》の裏庭《うらにわ》にひそんで、キッチンの窓《まど》ごしにこちらを見《み》ているかもしれない。

私《わたし》はラジオを消《け》すと、勇気《ゆうき》をふりしぼって、窓《まど》の外《そと》を見《み》まわしてみる。

でも、暗《くら》くて外《そと》の様子《ようす》は見《み》えない。窓《まど》ガラスに反射《はんしゃ》するキッチンの照明《しょうめい》が見《み》えるだけだ。

牛乳《ぎゅうにゅう》パックを冷蔵庫《れいぞうこ》にもどし、コップを手《て》にする。

「ニーナ！　牛乳《ぎゅうにゅう》を入《い》れたわよ」

ニーナが小走《こばし》りでキッチンにやってきたそのとき、電話《でんわ》が鳴《な》った。

「わたしが話《はな》したい！」

ニーナが言《い》う。私《わたし》はぶるぶるふるえていたけど、ニーナに気《き》づかれないよう落《お》ち着《つ》いた声《こえ》で、返事《へんじ》をする。

「ママからの電話《でんわ》だったらね」

ニーナをだきあげて、ビクビクしながら受話器《じゅわき》を取《と》る。

どうかマーシャルさんからの電話《でんわ》でありますように。

「もしもし？」

明《あか》るい声《こえ》で電話《でんわ》に出《で》る。

しーん。返事《へんじ》がない。

「もしもし？　……もしもし？」

しーーん。ガチャ。

電話《でんわ》は切《き》れてしまった。

どうしよう！　怪盗《かいとう》サイレンスは、やっぱりストーニーブルックにいるんだ。

ステイシーに電話《でんわ》をして暗号《あんごう》を使《つか》うべきなのかな？

なんて言《い》うんだっけ？　バレッタ？　ちがう、リボンだ。

「クラウディア？」

ニーナに呼《よ》びかけられて、ビクッとなる。

「だれからだった？」

「ママからじゃなかったわ。まちがい電話《でんわ》よ」

そう言《い》って受話器《じゅわき》をもどし、ニーナを床《ゆか》に下《お》ろすと、私《わたし》は牛乳《ぎゅうにゅう》を手《て》わたした。

「さあ、テレビを見《み》にいこう」

「もう見《み》ないよ」

「どうして？」

「見《み》たい番組《ばんぐみ》は終《お》わっちゃったから。もう寝《ね》る時間《じかん》だよ」

ニーナの口《くち》に牛乳《ぎゅうにゅう》のひげがついている。

「もう寝《ね》るの？」

「いつもこの時間《じかん》だよ。あの番組《ばんぐみ》が終《お》わったら寝《ね》るの」

ニーナの寝《ね》る時間《じかん》は知《し》っていたけど、今《いま》はひとりになりたくない。ちょっとの時間《じかん》だけなら、今日《きょう》くらい夜《よ》ふかししてもいいよね。

「特別《とくべつ》なごほうびっていうのはどう？」

ハイテンションでさそってみる。

「今日《きょう》は八時《じ》まで起《お》きていてもいいの！」

「でも、ママとパパがダメって言《い》うもん。ルールだからって」

私《わたし》ってば何《なに》をやってるんだろう。三才《さい》の子《こ》を説得《せっとく》して、自分《じぶん》に付《つ》きあわせようとするなんて……。

「そうよね。じゃあ二階《かい》へ行《い》こうか」

空《から》になったコップをニーナから受《う》けとると、私《わたし》はそれをシンクに置《お》いた。

階段《かいだん》を上《あ》がり、照明《しょうめい》をつけられるところは、全部《ぜんぶ》つけていく。

マーシャルさんは怪盗《かいとう》サイレンスがほしがるような宝石《ほうせき》を持《も》っているのかな……。

ニーナが寝《ね》てしまうと、私《わたし》は足音《あしおと》をたてないように、つま先歩《さきある》きでエレノアの様子《ようす》を見《み》にいく。

戸口《とぐち》に立《た》って、ろうかの明《あ》かりに照《て》らされたベビーベッドの中《なか》をうかがう。

えっ、空《から》っぽじゃない⁉

もしかして怪盗《かいとう》サイレンスがマーシャル家《け》のどこかにひそんでいて、エレノアを連《つ》れていっちゃったとか⁉

急《いそ》いでベビーベッドにかけよって中《なか》を見《み》ると、ふとんをかかえこんだエレノアがベッドのはしですやすやねむっていたの。

なあんだ。はしっこにいたから見《み》えなかっただけか。私《わたし》はエレノアをベッドの真《ま》ん中《なか》にもどしてふとんをかけなおす。

エレノアが寝《ね》ながらため息《いき》をついている。それをきいて、私《わたし》もため息《いき》が出《で》ちゃった。

二階《かい》の電気《でんき》を消《け》して一階《かい》にもどると、私《わたし》はテレビをつけた。でもすぐに消《け》した。

だって、テレビに気《き》を取《と》られているすきに怪盗《かいとう》サイレンスが私《わたし》に近《ちか》づいてくるかもしれないから。私《わたし》は静《しず》かな家《いえ》の中《なか》で雑誌《ざっし》を読《よ》むことにした。

カサ、カサ、カサ

なんの音《おと》?

マーシャル家《け》のネコが、新聞《しんぶん》の束《たば》の上《うえ》で寝《ね》そべっている音《おと》だった。

ポトン、ポトン。

なんの音《おと》?

シンクの蛇口《じゃぐち》から水《みず》が落《お》ちる音《おと》だった。

きこえてくる小《ちい》さな音《おと》のすべてが気《き》になって仕方《しかた》がない。

私《わたし》はまたテレビをつけた。テレビを見《み》ようとするんだけど、裏庭《うらにわ》に面《めん》した窓《まど》をどうしても見《み》ちゃう。

もう、こんなのたえられない。私《わたし》はカーテンをしめて、ステイシーに電話《でんわ》をかけることにした。

ステイシーは電話《でんわ》に出《で》るなり、私《わたし》が何《なに》か言《い》うより先《さき》に話《はな》しはじめる。

「クラウディア! ニュースをきいた?」

「きいた! どう思《おも》う?」

「私《わたし》もちょうど電話《でんわ》しようと思《おも》っていたところだったのよ。何《なに》がなんだか、わけがわからないわ！」

「ここにいるのが、すごくこわい。小《ちい》さな物音《ものおと》にもビクビクしちゃうの。それに、きいてよ。少《すこ》し前《まえ》に電話《でんわ》がかかってきたんだけど、相手《あいて》は何《なに》も言《い》わなかったんだ。そのまま切《き》られちゃった」

「うそ……。でも……まだリボンのことはきかないのね」

ステイシーが警戒《けいかい》しながら話《はな》す。

「うん。今《いま》のところはね」

「私《わたし》もそっちへ行《い》った方《ほう》がいい？」

ステイシーにあまえたかったけど、私《わたし》はことわった。

「来《き》てほしいけど、マーシャルさんが帰《かえ》ってきたときに、いっしょにいるところを見《み》られたくないの。かんたんな仕事《しごと》なのに、ひとりでできなかったって思《おも》われたくないんだ」

「じゃあ、しばらく電話《でんわ》をつなげたままにしておく？」

「うん。そうしてほしいな」

ひとりだとこわすぎるから、電話《でんわ》がつながっていると心強《こころづよ》い。

「えっと、じゃあ怪盗《かいとう》サイレンスと関係《かんけい》ない話《はなし》をしよう。トレヴァーとはどうなってるの？」

「うーん、なんにも変化《へんか》なし」

「何《なに》も？」

「うん。トレヴァーがハロウィン・ホップのことを知《し》っているかどうかも、わかんない。詩人《しじん》って自分《じぶん》の世界《せかい》に入《はい》りこんでいるからね。校内放送《こうないほうそう》なんてきいていないのかも」

「まさか。きいてるに決《き》まってるでしょ。どうやったら、あの校内放送《こうないほうそう》をきかせるわけ？」

ステイシーは通話口《つうわぐち》を手《て》でおおい、声色《こわいろ》を変《か》えてテイラー校長《こうちょう》のまねをしはじめたの。

「みなさん、十月《がつ》三十一日《にち》、金曜日《きんようび》は――ハロウィンです」

そっくりすぎて笑《わら》っちゃった。

「テイラー校長《こうちょう》って、ほんとにまぬけだよ。だって私《わたし》たちが……」

私《わたし》は途中《とちゅう》で話《はな》すのをやめた。

「クラウディア？」

ステイシーが電話《でんわ》の向《む》こうで私《わたし》を呼《よ》ぶ。

「しーーっ」

そう言《い》うと、私《わたし》は耳《みみ》から受話器《じゅわき》を遠《とお》ざけて、周囲《しゅうい》の音《おと》に耳《みみ》をすましました。ガレージの方《ほう》から、たしかに足音《あしおと》がきこえた。

「ステイシー、ステイシー」

あわててステイシーを呼《よ》ぶ。

「私《わたし》のバレッ……ちがう、私《わたし》のを見《み》た……私《わたし》の……私《わたし》の……」

「赤《あか》いリボン？」

「そう！」

ステイシーがささやく。

「ええ、見《み》たわ。ちがう、えっと、見《み》つけたのは……」

「私《わたし》の青《あお》い……あっ、どうしよう、ステイシー。ガレージのドアのところに、だれかいる。ドアノブをガチャガチャ回《まわ》してる！」

「私《わたし》、警察《けいさつ》に電話《でんわ》するわ」

ステイシーの電話《でんわ》の声《こえ》に続《つづ》いて、どこからか私《わたし》の名前《なまえ》を呼《よ》ぶ低《ひく》い声《こえ》がきこえる。

「クラウディア？」

私《わたし》は大声《おおごえ》でさけびたいのを、必死《ひっし》にこらえる。

「どうしよう。男《おとこ》の人《ひと》が私《わたし》の名前《なまえ》を呼《よ》んでる！」

ステイシーにうったえかける私《わたし》の声《こえ》は、うわずっていた。

「クラウディア！」

また同《おな》じ声《こえ》が私《わたし》を呼《よ》ぶ。

「クラウディア！　家《いえ》のかぎが見《み》つからないんだ。中《なか》に入《い》れてくれないか？　お願《ねが》いだ」

あれ？　この声《こえ》って……。

長《なが》いため息《いき》をついたあと、私《わたし》は電話口《でんわぐち》に向《む》かってささやいた。

「ステイシー、マーシャル夫妻《ふさい》だったみたい。私《わたし》、行《い》かないと。家《いえ》に帰《かえ》ったら電《でん》話《わ》するね」

大急《おおいそ》ぎで裏口《うらぐち》のかぎを開《あ》け、ドアをいきおいよく開《あ》ける。だれかに会《あ》えてこんなにうれしい瞬間《しゅんかん》は、人生《じんせい》で初《はじ》めてだ。

「ハーイ、クラウディア」

奥《おく》さんが、まずあいさつをしてくれる。

その後《うし》ろに立《た》つ旦那《だんな》さんは、ポケットをたたきながら「やっかいなかぎたちは、どこへ消《き》えたんだ？」ってつぶやいている。

私《わたし》はふたりのためにドアをおさえていた。

「おどろかせちゃって、ごめんなさいね。この人《ひと》が、かぎをなくしちゃって。きっと会社《かいしゃ》に置《お》いてきたのね」

奥《おく》さんが続《つづ》ける。

「娘《むすめ》たちの様子《ようす》はどうだった？」

「ええ、いい子《こ》でしたよ。ニーナは自分《じぶん》の見《み》たい番組《ばんぐみ》が終《お》わると、すぐに寝《ね》ました」

「良《よ》かった。じゃあ、なんの問題《もんだい》もなかったのね？」

「ええ、何《なに》も」

電話《でんわ》のことが頭《あたま》をよぎったけど、私《わたし》はそう返事《へんじ》をした。

私《わたし》が帰《かえ》ろうとすると、夜道《よみち》を心配《しんぱい》した旦那《だんな》さんが、家《いえ》まで歩《ある》いて送《おく》ってくれることになった。

玄関《げんかん》ドアを開《あ》けて外《そと》へ出《で》ようとしたそのとき、電話《でんわ》が鳴《な》りだした。

奥《おく》さんが電話《でんわ》を取《と》って「もしもし」って言《い》う声《こえ》がきこえる。そのあとで「おかしいわね」って言《い》いながら奥《おく》さんが電話《でんわ》を切《き》っていたんだ。

……こわすぎてふるえちゃう。本当《ほんとう》に何《なに》かがおかしい。

7 鳴《な》りやまない電話《でんわ》

10月《がつ》23日《にち》　木曜日《もくようび》

今夜《こんや》はワトソンの家《いえ》でベビー・シッターをしました。

来年《らいねん》にはワトソンがあたしの義理《ぎり》のパパに

なるなんて、信《しん》じられない。

まあ、それは置《お》いといて。

ワトソンの五才《ごさい》の娘《むすめ》のカレンは、となりに住《す》む

ポーター夫人《ふじん》のことを魔女《まじょ》だと思《おも》いこんで

不安《ふあん》がっているでしょ？

そのせいで、あたしまで不安《ふあん》になります。

それだけで、これまでにないくらいビクビクして

いたのに、そのうえ今日《きょう》は何度《なんど》も電話《でんわ》が

鳴《な》ったんだよ。

土曜日《どようび》の緊急《きんきゅう》ミーティングで

決《き》めた通《とお》り、あたしが学校《がっこう》で

スケジュール帳《ちょう》を管理《かんり》して、メンバー全員《ぜんいん》が

おたがいのシッター先《さき》をチェックするように

なりました。そのせいで、

みんながシッター中《ちゅう》に電話《でんわ》をかけてきて、

その度《たび》にこわい思《おも》いをしたんだから！

クリスティ

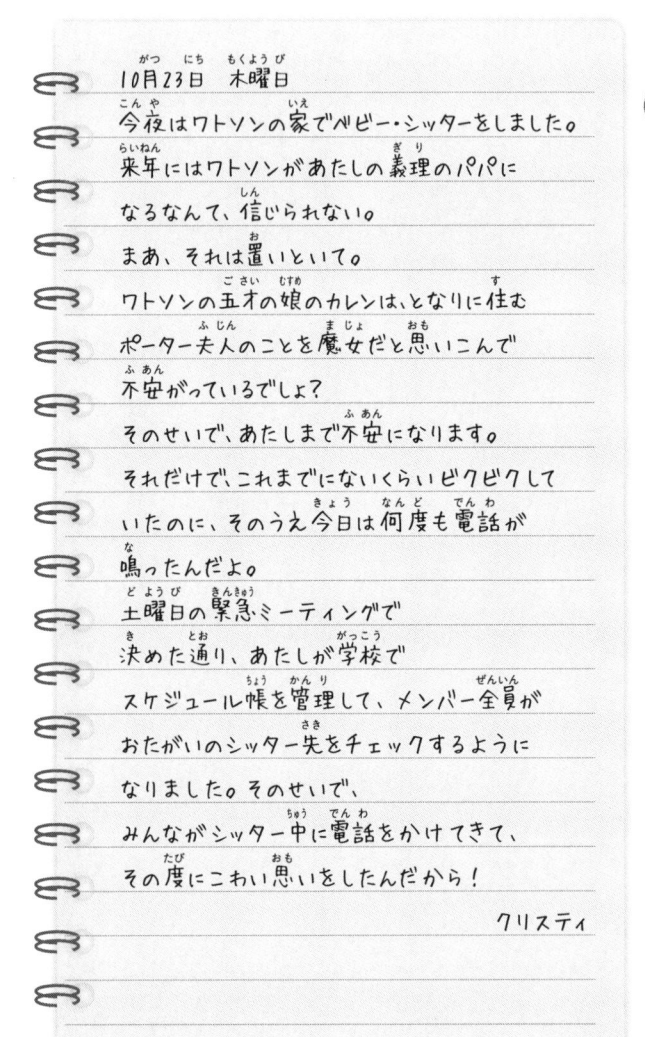

ワトソンさんっていうのは、クリスティのママの恋人《こいびと》なんだ。いろいろあったけど、クリスティとワトソンさんが、なかよくやっているみたいで良《よ》かった。

でもワトソンさんの家《いえ》でシッターをするのは、ちょっとこわそう。私《わたし》はまだ行《い》ったことがないいんだけど、行《い》ったことのあるメアリー・アンも、クリスティみたいにこわがっていたんだもん。

まず、ワトソンさんの家《いえ》はお屋敷《やしき》って感《かん》じで大《おお》きいの。

しかも、おとなりの家《いえ》もとがった屋根《やね》と塔《とう》のある、これまた大《おお》きなお屋敷《やしき》なんだけど、どの窓《まど》も真《ま》っ暗《くら》で不気味《ぶきみ》なんだって。

五才《さい》のカレンは、そのおとなりのお屋敷《やしき》に住《す》むポーター夫人《ふじん》をモルビダ・デスティニーっていう名前《なまえ》の魔女《まじょ》だと思《おも》いこんでいるの。

ワトソンさんはブーブーっていう太《ふと》ったネコを飼《か》っていて、カレンの頭《あたま》の中《なか》では、ブーブーはモルビダに魔法《まほう》で太《ふと》らされたことになっている。

クリスティがベビー・シッターをしたその夜《よる》も、カレンはポーター夫人《ふじん》をこわがるあまり、新《あたら》しい魔法《まほう》をかけられたって思《おも》いこんでいたみたい。

クリスティは七時《じ》にワトソンさんの家《いえ》に着《つ》いた。ワトソンさんは娘《むすめ》のカレンのクラスの保護者会《ほごしゃかい》に参加《さんか》するため、短《みじか》い時間《じかん》だったけど、ベビー・シッターが必《ひつ》要《よう》だったんだ。

ワトソンさんにはカレンの他《ほか》にアンドリューっていう子《こ》どももいる。

ふだんの平日《へいじつ》なら、ふたりはワトソンさんの元奥《もとおく》さんといっしょにすごしているけど、元奥《もとおく》さんが足首《あしくび》を骨折《こっせつ》しちゃったから、ふたりは前《まえ》よりもひんぱんにワトソンさんの家《いえ》に来《き》ているんだって。

「ハーイ、クリスティ！」

ワトソンさんの家《いえ》に着《つ》いたクリスティを、カレンが大《おお》きな声《こえ》で出《で》むかえる。

「ハーイ！」

三才《さい》のアンドリューもうれしそうだ。

アンドリューとカレンはクリスティのことが大好《だいす》きなの。義理《ぎり》の姉《あね》になるまでの間《あいだ》、クリスティはふたりの第一《だいいち》ベビー・シッターになるっていう約束《やくそく》をしているんだよ。

「やあ、クリスティ。来《き》てくれてうれしいよ」

ワトソンさんも玄関《げんかん》ホールへやってきて、温《あたた》かく出《で》むかえてくれる。

クリスティは少《すこ》し前《まえ》までママとワトソンさんにきびしく当《あ》たっていたんだけど、もうそんなことはやめたみたい。ワトソンさんはクリスティとなかよくなれて、すごく喜《よろこ》んでいるんだって。

「今夜《こんや》はそんなに大変《たいへん》な仕事内容《しごとないよう》じゃないと思《おも》うよ」

ワトソンさんの言葉《ことば》にクリスティが笑顔《えがお》を返《かえ》すと、そこへブーブーがのそのそやってきた。

「トラブルの芽《め》は取《と》りのぞいておかなきゃ。ブーブーは外《そと》に出《だ》さないでおくね」

そう言《い》ってクリスティは、カレンの方《ほう》を向《む》いて

ニッと笑《わら》った。

前《まえ》にブーブーがポーター夫人《ふじん》の庭《にわ》に入《はい》りこんじゃって、大変《たいへん》なことになったからね。

でもカレンは、まじめな顔《かお》つきでクリスティを見《み》つめかえしただけだった。クリスティは「あれ？」って思《おも》ったんだ。何《なに》かがいつもとちがう感《かん》じだった。

「さてと――」

ワトソンさんが話《はな》しはじめる。

「――緊急連絡先《きんきゅうれんらくさき》はいつものところにあるし、カレンのスクールの電話番号《でんわばんごう》と教室《きょうしつ》の番号《ばんごう》も、念《ねん》のため電話《でんわ》にテープではりつけておいたから」

クリスティがうなずく。

「アンドリューは七時半《じはん》に寝《ね》るよ。カレンは八時《じ》だ。そうそう、冷凍庫《れいとうこ》にストロベリー味《あじ》のアイスクリームがあるんだ。アンドリューとカレンはデザートを食《た》べていないから、みんなで食《た》べるといいよ」

「やった！　アイスクリームだ！」

アンドリューが、ぴょんぴょん飛《と》びはねて喜《よろこ》んでいる。それなのに、カレンはまだ、思《おも》いつめた表情《ひょうじょう》のままだった。

その様子《ようす》を見《み》たクリスティは、だんだん不安《ふあん》になってきたんだって。

「行《い》ってくるよ、パパのかわい子《こ》ちゃん。じゃあね、アンドリュー」

ワトソンさんはコートを着《き》ると、カレンの頭《あたま》にキスをして玄関《げんかん》へ向《む》かう。

「九時前《じまえ》にはもどるよ、クリスティ。本当《ほんとう》にありがとう」

玄関《げんかん》を出《で》る間際《まぎわ》、ワトソンさんは肩《かた》ごしに大声《おおごえ》でお礼《れい》を言《い》ってから、あわただしく出《で》かけていった。

クリスティが、そうっとアンドリューとカレンの方《ほう》を見《み》る。

どんなにベビー・シッターに慣《な》れている子《こ》でも、この瞬間《しゅんかん》は泣《な》きだしちゃうことがあるんだよね。例《たと》えばジェイミー・ニュートンは、寝《ね》る直前《ちょくぜん》に両親《りょうしん》が出《で》かけるのが大《だい》っきらいなの。

そんな不安《ふあん》をよそに、アンドリューはアイスクリームを食《た》べようと、さっさとキッチンへ向《む》かう。カレンはというと、どうやら別《べつ》のことで頭《あたま》がいっぱいみたい。

クリスティは、なんとなくいやな予感《よかん》がした。本当《ほんとう》はききたくないけど、シッターとしてきいておかなきゃならない。

「どうしたの？」

クリスティがカレンの手《て》を取《と》ってたずねる。

「……モルビダ・デスティニーだよ」

カレンがささやく。

「あの人《ひと》がどうしたの？」

背筋《せすじ》が少《すこ》しゾクゾクしたけど、クリスティも小声《こごえ》できぎかえす。

クリスティは、メアリー・アンからきいた話《はなし》を思《おも》いだしていたの。メアリー・アンがシッターをしていたその日《ひ》、くわを持《も》ったポーター夫人《ふじん》に追《お》いかけられたブーブーは、様子《ようす》がおかしかったんだって。

「ねえ、クリスティ？　アイスクリームは？」

「ちょっと待《ま》って、アンドリュー」

キッチンにいるアンドリューがクリスティを呼《よ》んでいるけど、今《いま》はカレンの話《はなし》をきくのが先《さき》。

「また魔法《まほう》をかけられた」

カレンが追《お》いつめられたような顔《かお》つきで言《い》う。

「ほんとに？　ブーブーは大丈夫《だいじょうぶ》そうだけど？」

クリスティは平静《へいせい》をよそおってたずねる。

「ブーブーじゃなくて、私《わたし》がかけられたの」

カレンが、お芝居《しばい》みたいに目《め》をとじる。

「カレンが⁉　いったい何《なに》をされたの？」

「……そばかすを付《つ》けられたんだ」

カレンの答《こた》えに、クリスティはゆるみそうになる口《くち》もとをなんとかかくす。

「カレン、前《まえ》からそばかすはあったでしょ？　二才《さい》のときには、もうあったよ。

写真《しゃしん》で見《み》たことがある」

「……そばかすを、ふやされたんだよ」

「そばかすって、ふえるときもあるんだよ」

カレンは首《くび》を横《よこ》にふる。

そこへ、待《ま》ちきれない様子《ようす》のアンドリューの声《こえ》がきこえてくる。

「クリスティってば！」

「今行《いまい》くよ！　カレン、何《なに》も心配《しんぱい》する必要《ひつよう》はないよ。さあ、アンドリューといっしょにアイスクリームを食《た》べよう、ね？」

「わかった……。でも、気《き》をつけてね。モルビダが目《め》を細《ほそ》めて片手《かたて》を上《あ》げるのを見《み》たら、クリスティにも魔法《まほう》がかけられちゃうんだから」

「うん、気《き》をつけるよ」

カレンとクリスティがキッチンへ入《はい》ると、テーブルはピンク色《いろ》のアイスクリームまみれになっていた。ぽとり、ぽとりとテーブルのはしからアイスクリームがしたたりおちている。

ぐちゃぐちゃになったテーブルの真《ま》ん中《なか》には、べとべとの三つのお皿《さら》とべとべとの三つのスプーンが用意《ようい》されていた。

「アンドリュー！」

クリスティがさけぶと、アンドリューが得意《とくい》げに、こう答《こた》えたの。

「お手伝《てつだ》いしといたよ。あと、ブーブーも外《そと》に出《だ》してあげたからね」

クリスティの顔《かお》が青《あお》ざめる。

「ブーブーを……ブーブーを……外《そと》に出《だ》したの？　アンドリュー、あたし、ブーブーは外《そと》に出《だ》さないでおこうって言《い》ったよね……？」

「アンドリューはきいてなかったんでしょ」

すかさずカレンが指摘《してき》する。

「そうみたいだね……」

そう言《い》うと、クリスティは気《き》を取《と》りなおして、こう続《つづ》けた。

「アンドリュー、お手伝《てつだ》いしてくれてありがとう。でもこれからブーブーを外《そと》に出《だ》すときは、前《まえ》もってあたしに相談《そうだん》してくれる？　ブーブーを外《そと》に出《だ》さない方《ほう》がいいときもあるんだ」

しょんぼりしたアンドリューの顔《かお》を見《み》て、クリスティはすぐにほめ言葉《ことば》を付《つ》けくわえた。

「でもね、アイスクリームはすごく助《たす》かったよ。ありがとう。こぼれちゃったところを、きれいにふいてから食《た》べようか」

アイスクリームを食《た》べおわると、クリスティはアンドリューをベッドに連《つ》れていき、そのあとで、カレンにパジャマを着《き》せた。

「寝《ね》る時間《じかん》まで本《ほん》を読《よ》もうよ」

カレンが言《い》う。

「いいよ。本《ほん》を選《えら》んできて」

クリスティがそう答《こた》えると、カレンは自分《じぶん》の棚《たな》から本《ほん》を選《えら》んできて、ベッドにこしかける。

カレンのとなりにすわったクリスティは、手《て》わたされた本《ほん》を見《み》て、ぎょっとした。

「『となりのまじょのマジョンナさん』⁉」

なんだか、となりに住《す》むポーター夫人《ふじん》のことみたい。

「なんなの、これ？　どこからこんな本《ほん》が出《で》てきたの？」

「気《き》づいたら……棚《たな》にあったの」

「本当《ほんとう》に？」

カレンが意味《いみ》ありげに答《こた》えるから、クリスティはあやしむようにカレンの顔《かお》をのぞきこむ。

「えっと……本当《ほんとう》は、パパのお仕事《しごと》のかばんから出《で》てきたの。私《わたし》のために買《か》ってきてくれたんだ」

「へえ、なるほどね。でもさ、今夜《こんや》は別《べつ》のおもしろそうな本《ほん》を読《よ》もうよ」

クリスティはそう言《い》うと、棚《たな》からぶあつい本《ほん》を一冊《さっ》取《と》りだした。

「この本《ほん》、パパは読《よ》んでくれる？」

カレンが首《くび》を横《よこ》にふる。

「長《なが》すぎるからって、読《よ》んでくれない」

「少《すこ》しずつ読《よ》めば大丈夫《だいじょうぶ》だよ。あたしといっしょに読《よ》んでいくことにしない？あたしがベビー・シッターの日《ひ》は、この本《ほん》を少《すこ》しずつ読《よ》むことにするの」

「いいよ」

カレンはそう言《い》うと、自分《じぶん》のまくらにもたれかかった。

「どれどれ――」

クリスティが本《ほん》のページをめくる。

「――この本《ほん》の主人公《しゅじんこう》はカレンと同《おな》い年《どし》のラモーナ・クインビーっていう女《おんな》の子《こ》なんだって」

「おもしろそう！　その子《こ》の名前《なまえ》、すてきだね」

読《よ》みきかせを始《はじ》めてから三十分《ぷん》ほどでカレンが寝《ね》てしまうと、クリスティは足音《あしおと》をたてないよう、つま先歩《さきある》きで一階《かい》へ下《お》りた。

キッチンに足《あし》をふみいれると同時《どうじ》に電話《でんわ》が鳴《な》りだしたものだから、クリスティは心臓《しんぞう》が飛《と》びでるほどおどろいた。

電話《でんわ》の主《ぬし》はメアリー・アンだった。

「様子《ようす》が気《き》になって、電話《でんわ》してみたの」

「大丈夫《だいじょうぶ》だよ。カレンもアンドリューも寝《ね》たところ。カレンったら、『ポーター夫人《ふじん》にそばかすの魔法《まほう》をかけられた』なんて言《い》うんだよ」

クリスティはあきれたように苦笑《にがわら》いして言《い》ったんだけど、メアリー・アンはいっしょに笑《わら》ってはくれなかった。

「クリスティはポーター夫人《ふじん》を見《み》たことがないから、笑《わら》えるのよ。でも、あんなすがたを見《み》ちゃったら……。つまり……その……」

「魔女《まじょ》みたいな見《み》た目《め》ってこと？」

「ええ、そうなの。実際目《じっさいめ》にするまでは、私《わたし》もクリスティみたいに魔女《まじょ》なんているはずないと思《おも》ってたわ。でも、あの真《ま》っ黒《くろ》な服《ふく》を着《き》たおばあさんが庭《にわ》をバタバタと歩《ある》いているすがたは、まるでコウモリの化《ば》け物《もの》……」

「メアリー・アン、やめて！」

「わかった。やめるわ。ごめんなさい。パパにかくれて電話《でんわ》してるから、そろそろ切《き》るわね。とにかく何事《なにごと》もなくて良《よ》かった」

「ありがとう」

「ドアだけじゃなく、窓《まど》もしっかり戸《と》じまりしてね。全部《ぜんぶ》しめるのよ。万《まん》が一《いち》にそなえてね」

「わかった。そうするね」

電話《でんわ》を切《き》ると、クリスティはワトソンさんの大《おお》きくて静《しず》かなお屋敷《やしき》を見《み》てまわった。

どの窓《まど》もしまっているように見《み》えたけど、念《ねん》のためクリスティはひとつひとつ確認《かくにん》して回《まわ》ったんだ。

問題《もんだい》は窓《まど》の数《かず》が多《おお》すぎるってこと。それに、手《て》のとどかないかぎも、いくつかある。

書庫《しょこ》にある高《たか》い窓《まど》のかぎを確認《かくにん》しようと、クリスティが脚立《きゃたつ》のてっぺん立ったそのとき、また電話《でんわ》が鳴《な》りだしたの。

「うわわっ！」

よろよろと脚立《きゃたつ》を下《お》りたクリスティは、大《おお》きな革張《かわば》りの机《つくえ》に置《お》かれた電話《でんわ》に手《て》をのばした。

でも急《きゅう》におそろしくなって、その手《て》を引《ひ》っこめちゃったんだ。

クリスティは、呼《よ》び出《だ》し音《おん》を三回《かい》きいたところで、きっとメアリー・アンが、もう一度《いちど》かけなおしてきたにちがいないって思《おも》いこもうとした。

メアリー・アンは、そんなことをしないってわかっていたんだけどね。だってメアリー・アンのパパは夕食後《ゆうしょくご》の電話《でんわ》にすっごくきびしいんだもん。

クリスティがこわごわ電話《でんわ》を取《と》る。

「もしもし？」

電話《でんわ》の向《む》こうで、かすかに息《いき》をする音《おと》がきこえたような気《き》がする。

「もしもし？　……もしもし？」

さらにたずねても、相手《あいて》は何《なに》も言《い》わない。

あまりの気味《きみ》の悪《わる》さに、クリスティは受話器《じゅわき》を放《ほう》りなげるように置《お》いて、そのまま書庫《しょこ》を飛《と》びだした。二階《かい》の窓《まど》もチェックするつもりだったけど、もうこわくてそれどころじゃない。

無言電話《むごんでんわ》でパニックになったクリスティは、恐怖《きょうふ》のあまり、ひとりごとをつぶやいていた。

「怪盗《かいとう》サイレンスがしのびこもうとしてるんだ。今《いま》この瞬間《しゅんかん》に、犯人《はんにん》は家《いえ》の外側《そとがわ》にはしごを立《た》てかけているのかも……」

リーン！

また電話《でんわ》が鳴《な》る。

リーン……リーン……

シッター先《さき》の電話《でんわ》に出《で》るのも仕事《しごと》のうちだ。クリスティは自分《じぶん》に言《い》いきかせながら書庫《しょこ》にもどり、こわごわ電話《でんわ》に手《て》をのばす。相手《あいて》はワトソンさんかクリスティのママかもしれないしね。

受話器《じゅわき》を手《て》に取《と》り、耳《みみ》もとに近《ちか》づける。でも、クリスティはドキドキして声《こえ》が出《だ》せなかった。

「クリスティ？」

電話《でんわ》の相手《あいて》が言《い》う。

「クラウディアなの？」

クリスティが小声《こごえ》で返事《へんじ》をする。

そう。電話《でんわ》をかけたのは私《わたし》！

「どうしたのよ、そんなに小《ちい》さな声《こえ》で。何《なに》かあったの？」

「例《れい》の電話《でんわ》がかかってきた」

「えっ⁉」

「あとワトソンの家《いえ》は広《ひろ》すぎるし、こわい」

「電気《でんき》をたくさんつけなよ」

「例《れい》の電話《でんわ》のこと、どう思《おも》う？」

クリスティは無言電話《むごんでんわ》のことで頭《あたま》がいっぱいだった。その気持《きも》ちがよくわかるだけに、私《わたし》はクリスティをなだめることにした。

「まあまあ、落《お》ち着《つ》いて。単《たん》なるまちがい電話《でんわ》っていう可能性《かのうせい》もあるんだよ？まちがい電話《でんわ》をかけてきた人《ひと》って、すごく失礼《しつれい》なときがあるでしょ？　たいてい、何《なに》も言《い》わずに切《き》っちゃうじゃない。あと、小《ちい》さい子《こ》どもがまちがえてかけちゃったっていうパターンもあるし」

「そうかもね」

「念《ねん》のためにきくけど、私《わたし》たちの暗号《あんごう》って覚《おぼ》えてる？」

「覚《おぼ》えてない」

「クリスティが私《わたし》たちに練習《れんしゅう》しろって言《い》ったんでしょ？　暗号表《あんごうひょう》はどこなの？」

「家《いえ》だよ。だって、こんなに不安《ふあん》になるとは思《おも》わなかったんだもん。自分《じぶん》の名字《みょうじ》すら思《おも》いだせないよ」

「トーマスでしょ」

「……わざわざ、どうも」

「クリスティ。あんたは責任《せきにん》あるベビー・シッターなんだからね。しかも今《いま》は仕《し》事中《ごとちゅう》なの。プロらしくしっかりしなきゃ」

しばらくの沈黙《ちんもく》。それから急《きゅう》にハキハキした口調《くちょう》でクリスティが話《はな》しだす。

「その通《とお》りだね。よーし。クラウディア、そろそろ電話《でんわ》を切《き》って『からすが池《いけ》の魔女《まじょ》』でも読《よ》もうかな」

クリスティは気持《きも》ちを切《き》りかえたみたい。

「そんな状況《じょうきょう》で、よく魔女《まじょ》の本《ほん》なんて読《よ》めるね」

「だって宿題《しゅくだい》なんだもん。それに、魔女《まじょ》なんているわけないし、ビクビクするのはこれでおしまい。あたしはベビー・シッターだからね」

「その通《とお》り！」

「だよね」

「また明日《あした》、学校《がっこう》で」

「うん。バイバイ」

クリスティはいきおいよく電話《でんわ》を切《き》ると、早足《はやあし》で書庫《しょこ》を出《で》た。

リビングルームのソファに体《からだ》をあずけて本《ほん》を読《よ》みはじめる。でも、クリスティはやっぱり本《ほん》に集中《しゅうちゅう》することができなくて、ずっと外《そと》を見《み》ていたの。

庭《にわ》の木《き》の枝《えだ》が、街灯《がいとう》の前《まえ》でゆらゆらゆれている。ゆれうごく枝《えだ》を見《み》ていると、手《て》ぶくろをした手《て》みたいに見《み》えてくる。

クリスティの顔《かお》のすぐ横《よこ》で、風《かぜ》にゆれる枝《えだ》の先《さき》が出窓《でまど》にぶつかっている。

コツン、コツン。コツン、コツン。

クリスティは窓《まど》の向《む》こうの庭《にわ》でうごめく、ハロウィンっぽいおばけたちを思《おも》わず想像《そうぞう》しちゃったの。ヒッヒッと笑《わら》う魔女《まじょ》、うなり声《ごえ》をあげるゴブリン、静《しず》かにじっとこちらを見《み》つめてくる悪霊《あくりょう》。

そのとき、枝《えだ》の音《おと》とはちがう音《おと》がきこえた。シューッっていう感《かん》じの音《おと》。

その音《おと》に続《つづ》いて、おこったようなうめき声《ごえ》が玄関《げんかん》からきこえてくる。

「ブーブー!」

クリスティが声《こえ》をあげる。あの声《こえ》はブーブーにちがいない。

ブーブーが自分《じぶん》からもどってきてくれて、クリスティはうれしかったんだ。これでもう、ポーター夫人《ふじん》やおとなりの庭《にわ》のことを心配《しんぱい》せずにすむんだもん。

玄関《げんかん》ホールへかけつけたクリスティは、いきおいよくドアを開《あ》ける。

そこには、たしかにブーブーがいた。でも、その場《ば》にいたのはブーブーだけじゃなかったんだ。

ブーブーは黒《くろ》い服《ふく》をまとったうでにだかれていた。

そう、そこにいたのはモルビダ・デスティニーだったの！

メアリー・アンの話《はなし》をきいて以来《いらい》、クリスティは頭《あたま》の中《なか》でモルビダ・デスティニーのすがたをはっきりと思《おも》いえがいていたんだけど、実際《じっさい》に会《あ》うのはこのときが初《はじ》めてだった。

その見《み》た目《め》は、カレンが魔女《まじょ》だとかんちがいするのも無理《むり》はないっていう感《かん》じ。

モルビダは、年《とし》をとってほっぺたにひげが生《は》えていたし、ボサボサの白髪頭《しらがあたま》はモップみたい。それに、目《め》は小《ちい》さくて不機嫌《ふきげん》そうだ。もちろん、黒《くろ》くて長《なが》い服《ふく》を着《き》ている。

ポーター夫人《ふじん》は、ただ変《か》わり者《もの》なだけだってワトソンさんは言《い》うけど、クリスティはそんなふうには思《おも》えなかった。

「このネコが、うちの玄関先《げんかんさき》にいたんだがね」

おどろきすぎて固《かた》まっているクリスティに向《む》かって、モルビダ・デスティニーが言《い》う。

「ご、ごめんなさい。まちがって外《そと》へ出《だ》してしまったんです。何《なに》かごめいわくをかけていないといいんですけど」

モルビダ・デスティニーは、ぎこちない様子《ようす》でブーブーをどさっと玄関《げんかん》ホールへ下《お》ろす。

するとブーブーは玄関《げんかん》ホールをつっきって、洗濯室《せんたくしつ》へ入《はい》っていった。

「ごめいわくだって?」

モルビダ・デスティニーの語気《ごき》が強《つよ》まる。

「あのネコがうちの玄関先《げんかんさき》で何《なに》をやっていたか知《し》ってるかい、おじょうちゃん?」

クリスティが首《くび》をふる。

「あいつはね、野《の》ネズミを食《た》べていたのさ。うちの玄関先《げんかんさき》には何《なに》が残《のこ》っていたか、わかるかい?」

クリスティは身《み》ぶるいしながら、もう一度首《いちどくび》をふる。

「毛皮《けがわ》が少《すこ》しと、しっぽのかけら、それに……」

「ほ、本当《ほんとう》にごめんなさい、モル……ポーター夫人《ふじん》」

クリスティはそれ以上《いじょう》ききたくなくて、ポーター夫人《ふじん》の話《はなし》をさえぎった。

「お宅《たく》へ行《い》ってかたづけたいのですが、今《いま》はベビー・シッター中《ちゅう》なのではなれられなくて……」

「あんたが気《き》にすることじゃないよ。かたづけは、わしがやったんだ」

ポーター夫人《ふじん》は小《ちい》さな紙《かみ》ぶくろを取《と》りだすと、それをクリスティにおしつけた。

「あいつの食《た》べ残《のこ》しだよ。捨《す》てといとくれ」

そう言《い》ってポーター夫人《ふじん》はきびすを返《かえ》し、バタバタと音《おと》をたてて夜《よる》のやみへ消《き》えていった。

さて、ここからがクリスティのかしこいところなんだよ。

ポーター夫人《ふじん》が紙《かみ》ぶくろをおしつけてきたとき、クリスティは本当《ほんとう》におそろしかった。それに、ふくろの中身《なかみ》がひどすぎてサイテーの気分《きぶん》だった。

そんな状況《じょうきょう》なのに、まずクリスティの頭《あたま》にうかんだことはなんだったと思《おも》う？

それはね、もしポーター夫人《ふじん》が本物《ほんもの》の魔女《まじょ》だったら、紙《かみ》ぶくろの中身《なかみ》を自分《じぶん》の物《もの》にするだろうってことなの。ネズミの毛皮《けがわ》やしっぽは魔法《まほう》に使《つか》えそうだもん。

つまり、ポーター夫人《ふじん》は魔女《まじょ》じゃない。クリスティはぶるぶるふるえていたけど、同時《どうじ》にほっとしたんだって。

クリスティがブーブーの様子《ようす》を見《み》にいくと、ブーブーは洗濯機《せんたくき》の前《まえ》の洗濯《せんたく》かごの中《なか》で丸《まる》くなっていた。ねむるでもなく、ただ体《からだ》を休《やす》めて、じっとこちらを見《み》てくる様子《ようす》は少《すこ》し気味《きみ》が悪《わる》かったけど、どこも悪《わる》いところはなさそうだった。

しばらくしてワトソンさんが帰《かえ》ってくると、クリスティはブーブーと野《の》ネズミと紙《かみ》ぶくろのことを話《はな》した。

ワトソンさんは「明日《あした》の朝《あさ》、ポーター夫人《ふじん》と話《はな》してみるよ」って言《い》ったんだ。

それからクリスティは、カレンのそばかすの魔法《まほう》についても報告《ほうこく》しておいた。

「カレンが本気《ほんき》で魔法《まほう》を信《しん》じているのか、それとも手《て》のこんだお遊《あそ》びなのかはわからないけど、ワトソンに話《はな》しておく方《ほう》がいいと思《おも》ったんだ」

「心配《しんぱい》してくれてありがとう、クリスティ。カレンはどうやら学校《がっこう》でも魔女《まじょ》の話《はなし》をしているみたいなんだ」

ワトソンへの報告《ほうこく》が終《お》わると、クリスティはママに電話《でんわ》をかけた。

ママがむかえにくるまでの十五分間《ふんかん》、クリスティは電話《でんわ》が鳴《な》るのをずっと待《ま》っていたの。

魔女《まじょ》への恐怖《きょうふ》が消《き》えた今《いま》、クリスティは無言電話《むごんでんわ》の犯人《はんにん》をはっきりさせたい一《いっ》心《しん》だったんだ。

8 真《ま》っ暗《くら》な部屋《へや》の中《なか》

10月《がつ》25日《にち》　土曜日《どようび》

昨日《きのう》の夜《よる》、シャーロット・ジョハンセンの

シッターをしました。

シャーロットはいい子《こ》だし、ひとりっ子《こ》で手《て》も

かからないから、全《まった》くなんの問題《もんだい》もありませんでした。

ただ、シャーロットのこわがりで

おくびょうなところに、ときどきこまってしまいます。

あの子《こ》のそばにいると「自分《じぶん》がしっかりして

守《まも》ってあげなきゃ」っていう気持《きも》ちになります。

私《わたし》だって、しっかりできないときもあるのに。

昨日《きのう》も内心《ないしん》では怪盗《かいとう》サイレンスがこわくて

仕方《しかた》ありませんでした。

クリスティとクラウディアの話《はなし》をきいて

平気《へいき》でいられる？

しかも嵐《あらし》まで来《き》ていたから、心《こころ》が折《お》れそうでした。

でも私《わたし》は優秀《ゆうしゅう》なベビー・シッターです。

優秀《ゆうしゅう》なベビー・シッターたるもの、

仕事《しごと》はきっちりこなします。

というわけで、私《わたし》はなんとか冷静《れいせい》さを

たもちました。

ステイシー

まったく。「冷静《れいせい》さをたもちました」なんて、よく言《い》うよ。ステイシーから直接《ちょくせつ》きいた話《はなし》と全然《ぜんぜん》ちがうじゃん。あんな状態《じょうたい》を「冷静《れいせい》」なんて呼《よ》ぶのは、ステイシーくらいだよ。

その日《ひ》ステイシーは、早《はや》めの夕食《ゆうしょく》をとってからジョハンセン家《け》へ向《む》かった。この日《ひ》は門限《もんげん》ギリギリの十時《じ》までシッターをすることになっていたんだ。

ジョハンセン家《け》へは、ステイシーの家《いえ》の裏庭《うらにわ》をつっきって近道《ちかみち》をすれば、三分《ぷん》で着《つ》く。その日《ひ》はいつもより暗《くら》くなるのが早《はや》かったから、ステイシーは懐中電灯《かいちゅうでんとう》を持《も》って、いつもの近道《ちかみち》で向《む》かうことにした。

玄関《げんかん》でむかえてくれたのは、旦那《だんな》さんだった。

ジョハンセン家《け》は奥《おく》さんが家《いえ》にいることは、めったにないの。奥《おく》さんのジョハンセン先生《せんせい》はお医者《いしゃ》さんで、ほとんどの時間《じかん》をストーニーブルック総合病院《そうごうびょういん》ですごしている。

「やあ、ステイシー。来《き》てくれてうれしいよ。今日《きょう》は映画館《えいがかん》で妻《つま》と待《ま》ち合《あ》わせをしてるんだ。連絡先《れんらくさき》は電話《でんわ》の横《よこ》にはってある。早《はや》い時間《じかん》に映画《えいが》を見《み》てから、レンウィックの店《みせ》で軽《かる》くディナーを食《た》べてくるよ。店《みせ》の番号《ばんごう》も同《おな》じところにはってあるから。君《きみ》の門限《もんげん》は十時《じ》だよね。シャーロットはもう夕食《ゆうしょく》をすませたよ。九時半《じはん》までに寝《ね》かせてほしい。いいかい？」

ジョハンセンさんが一気《いっき》に説明《せつめい》すると、ステイシーはうなずいた。

「その他《ほか》のことは、もう知《し》っているよね？」

ステイシーが笑顔《えがお》でもう一度《いちど》うなずくと、シャーロットがキッチンへ入《はい》ってきた。

「シャーロットといっしょに楽《たの》しく遊《あそ》んでおきます。そうよね、シャーロット？」

「うん……」

ステイシーが声《こえ》をかけると、シャーロットはあいまいな返事《へんじ》をした。

「パパ、行《い》かなきゃいけないの？」

ジョハンセンさんが、シャーロットの肩《かた》に手《て》を回《まわ》す。

「ママとパパは今日《きょう》の映画《えいが》を楽《たの》しみにしていたんだ。これはパパたちのごほうびなんだよ。それに明日《あした》の朝起《あさお》きたら、シャーロットにもごほうびがあるからね」

「どんなごほうび？」

シャーロットが待《ま》ちきれない様子《ようす》でたずねる。

「明日《あした》、ママはずっと家《いえ》にいるんだぞ。しかも、この週末《しゅうまつ》はお仕事《しごと》へ行《い》かないんだ」

「やったー！」

シャーロットとジョハンセンさんが話《はな》している最中《さいちゅう》、ステイシーは外《そと》の様子《ようす》がいつもとちがうことに気《き》がついた。

来《く》る途中《とちゅう》、暗《くら》くなりはじめていた空《そら》がわずか十分間《ぷんかん》で真《ま》っ暗《くら》になっていたんだ。まだ六時半《じはん》だっていうのに。

風《かぜ》もかなり強《つよ》そうだ。半分《はんぶん》ほど葉《は》の落《お》ちた木《き》ぎの枝《えだ》が前後《ぜんご》にゆれている。

ステイシーは、雷《かみなり》の音《おと》が遠《とお》くできこえたような気《き》がしたけど、気《き》にしないことにした。季節《きせつ》はずれの嵐《あらし》は今《いま》までだってたくさんあったし、そういう嵐《あらし》はたいてい長続《ながつづ》きしない。

しばらくして、ジョハンセンさんは傘《かさ》を持《も》って出《で》かけていった。ステイシーとシャーロットは、ジョハンセンさんの車《くるま》が出《で》るところを窓《まど》から見《み》おくる。

ヘッドライトの明《あ》かりが見《み》えなくなったころ、雨《あめ》がふりだした。バケツをひっくり返《かえ》したみたいな、どしゃぶりの雨《あめ》だ。

「窓《まど》を全部《ぜんぶ》しめて！」

シャーロットがさけぶと、ステイシーも「明《あ》かりをつけて！」ってさけぶ。このときすでに、ステイシーはこわくなっていた。

ふたりは大急《おおいそ》ぎで家中《いえじゅう》の窓《まど》をしめ、明《あ》かりをつけてまわる。

「さあ、何《なに》がしたい？」

ひと通《とお》り明《あ》かりをつけおわって、ステイシーがシャーロットにたずねる。

「テレビが見《み》たい」

ドオーン！

シャーロットが答《こた》えた瞬間《しゅんかん》、とつぜん大《おお》きな雷《かみなり》の音《おと》が鳴《な》りひびいて、シャーロットがステイシーのもとへ、かけよってきた。

「雷《かみなり》、大《だい》っきらい」

「あら、シャーロットも？　実《じつ》は私《わたし》もよ。小《ちい》さいころの私《わたし》は雷《かみなり》が鳴《な》ると、どうしたと思《おも》う？」

「どうしたの？」

「大急《おおいそ》ぎでクローゼットにかけこんで、一番下《いちばんした》の棚板《たないた》の下《した》にすべりこむの。内側《うちがわ》からドアをしめて、ドアが開《あ》かないように、ドアの下《した》の方《ほう》を引《ひ》っぱっておくんだ。こわい雷《かみなり》から守《まも》ってもらえる気《き》がしたの。人形《にんぎょう》といっしょにかくれることもあったわ」

シャーロットはくすくす笑《わら》って、「前《まえ》にね――」って話《はな》しはじめる。

「――嵐《あらし》が来《き》たときに、ベッドの下《した》にかくれたことがあるの。嵐《あらし》が全然通《ぜんぜんとお》りすぎなくて、わたしはそのまま寝《ね》ちゃったんだ。ママとパパはわたしの居場所《いばしょ》がわからなくて、もう少《すこ》しで警察《けいさつ》を呼《よ》ぶところだったんだよ！」

ドオーン！　バリバリバリ！

雷《かみなり》はますますはげしくなって、稲光《いなびかり》が空《そら》をジグザグにはいまわっている。

ステイシーはシャーロットの気《き》を雷《かみなり》からそらせようと思《おも》った。

「急《いそ》いで。テレビをつけよう」

ステイシーはそう言《い》うと、シャーロットといっしょにテレビのある部屋《へや》へかけこむ。シャーロットがテレビの電源《でんげん》をつけて、ステイシーがリモコンをさがす。

ふたりはチャンネルをかえながら、見《み》る番組《ばんぐみ》を選《えら》びはじめた。インタビュー番《ばん》組《ぐみ》に料理《りょうり》番組《ばんぐみ》、ニュースをやっているチャンネルがふたつ。

「つまんないね」

ステイシーが言《い》う。

「MTV《エムティービー》を見《み》ようか。とりあえず、いい感《かん》じの音楽《おんがく》がきけるはずだから」

「MTV《エムティービー》ってなあに？」

シャーロットがたずねる。

「音楽《おんがく》のチャンネルだよ。でも、おかしいわね。MTV《エムティービー》のチャンネルが見《み》つからない」

「ママとパパが、私《わたし》の年《とし》で見《み》られない番組《ばんぐみ》はブロックしてるから」

「がーん」

そう言《い》って、ステイシーはまたリモコンを操作《そうさ》する。

カチ、カチ、カチ。

「おもしろくない、おもしろくない、おもしろくない」

「『がーん』だね」

シャーロットが言《い》う。

「ねえ、これどうかな？」

ステイシーが四十七チャンネルで手《て》を止《と》めてシャーロットにたずねる。

テレビ画面《がめん》の中《なか》では、ゆうれいの大《おお》きな手《て》が墓場《はかば》をうろついていた。画面《がめん》の上《うえ》の方《ほう》には「恐怖《きょうふ》のシアター」と表示《ひょうじ》されていて、その下《した》には「自己責任《じこせきにん》でご覧《らん》ください」とあった。

「うわあ、こわそう！」

シャーロットがとなりにすわるステイシーに少《すこ》しずつ近《ちか》よってくる。

「いっしょに見《み》てみない？　他《ほか》のつまんない番組《ばんぐみ》よりはおもしろそうだし」

「いいよ」

シャーロットはつまらない番組《ばんぐみ》を思《おも》いだしたのか、すんなりうなずいた。

CM《シーエム》が終《お》わると、ふたたび「恐怖《きょうふ》のシアター」が画面《がめん》に表《あらわ》れて、映画《えいが》が始《はじ》まる。

冒頭《ぼうとう》は夜《よる》のシーンだ。小高《こだか》い丘《おか》に大《おお》きくてうす暗《ぐら》いお屋敷《やしき》が、ぽつんと建《た》っている。稲妻《いなずま》が走《はし》り、雷《かみなり》の音《おと》が鳴《な》りひびく。

「今《いま》の天気《てんき》とにてるね」

シャーロットが言《い》うのと同時《どうじ》に、外《そと》では本物《ほんもの》の雷《かみなり》がゴロゴロと鳴《な》り、ひとすじの稲妻《いなずま》が走《はし》る。部屋《へや》の照明《しょうめい》がチカチカしている。

ステイシーのひざの上《うえ》に乗《の》ってくることはなかったものの、シャーロットはできるかぎり、ステイシーにぴたりとくっついていた。ステイシーがシャーロットの肩《かた》に手《て》を回《まわ》す。ふたりは、おたがいのこわばった顔《かお》を見《み》てくすくす笑《わら》った。

「鳥《とり》はだがたっちゃう！」

シャーロットが声《こえ》をあげる。

テレビ画面《がめん》には、お屋敷《やしき》の寝室《しんしつ》が映《うつ》しだされている。その部屋《へや》には、ろうそくがわずかに二本《ほん》、灯《とも》されているだけだった。

そこへ長《なが》い黒髪《くろかみ》をなびかせながら、若《わか》い女《おんな》がすうっと入《はい》ってくる。女《おんな》はレノラという名前《なまえ》らしい。レノラは白《しろ》いガウンを着《き》て、一本《ぽん》のろうそくを手《て》にしている。レノラは部屋《へや》の奥《おく》のバルコニーへと進《すす》む。バルコニーのガラスのドアは開《あ》けはなたれていて、風《かぜ》がレノラのガウンをそっとふくらませている。

ドアをしめようとしたそのとき、レノラは息《いき》をのんで小《ちい》さなさけび声《ごえ》をあげた。レノラが立《た》つバルコニーのすぐ下《した》、芝生《しばふ》のあたりに黒《くろ》い人影《ひとかげ》が立《た》っていたんだ。

「レノラ――」

人影《ひとかげ》は泣《な》きさけんでいる。

「――もどってきたよ。あの世《よ》からもどってきたんだ」

レノラはさけび声《ごえ》をあげ、手《て》にしていたろうそくを落《お》としてしまった。そこへ雷《かみなり》が鳴《な》りひびく。

現実《げんじつ》の世界《せかい》では、もっと大《おお》きな音《おと》で雷《かみなり》が鳴《な》っている。

すると、ステイシーとシャーロットのいる部屋《へや》が一瞬《いっしゅん》パッと明《あか》るくなったかと思《おも》うと、次《つぎ》の瞬間《しゅんかん》、真《ま》っ暗《くら》になってしまった。

ふたりは悲鳴《ひめい》をあげ、シャーロットがステイシーにしがみつく。照明《しょうめい》もテレビも、すべての電気《でんき》が消《き》えてしまった。

おたがいの心臓《しんぞう》の音《おと》がきこえるくらい、部屋《へや》の中《なか》は静《しず》まりかえっている。

だけど、静《しず》けさより最悪《さいあく》なのが、真《ま》っ暗《くら》だっていうこと。

「停電《ていでん》だわ」

ステイシーがささやく。

「ママに会《あ》いたいよう……パパでもいいから」

シャーロットがつぶやく。

「こわがることなんて、何《なに》もないのよ」

ステイシーが自分《じぶん》のこともはげますように言《い》う。

「電気《でんき》が消《き》えちゃっただけ。それだけのことよ。昔《むかし》の人《ひと》たちは、電気《でんき》のないくらしが当《あ》たり前《まえ》だったんだから。それに、ニューヨークの停電《ていでん》の方《ほう》がひどいのよ。町中《まちじゅう》の活動《かつどう》がストップしちゃうの。私《わたし》の家《いえ》は十七階《かい》だったんだけど、停電《ていでん》になるとエレベーターも止《と》まっちゃうんだよ。想像《そうぞう》してごらん。家《いえ》に帰《かえ》るために、十七階分《かいぶん》の階段《かいだん》を上《あ》がらなきゃいけないんだから」

「サイアク」

「ほんと、その通《とお》り」

少《すこ》し落《お》ち着《つ》きを取《と》りもどしたシャーロットを見《み》て、ステイシーが提案《ていあん》する。

「さてと、今《いま》やらなきゃいけないのは、ろうそくさがしね」

「『恐怖《きょうふ》のシアター』のレノラみたいに？」

「まあ、そんな感《かん》じ。どこにしまってあるか知《し》ってる？」

「わかんない。火《ひ》は使《つか》わせてもらえないもん」

「全然《ぜんぜん》わからない？」

「もしかしたら、ダイニングの棚《たな》の引《ひ》き出《だ》しかも」

「オーケー。じゃあ私《わたし》の懐中電灯《かいちゅうでんとう》をさがしてから、その懐中電灯《かいちゅうでんとう》を使《つか》ってダイニングまで行《い》こう」

ステイシーは立《た》ちあがって、シャーロットといっしょに歩《ある》きだす。

ふたりはまず、ステイシーのジャケットと懐中電灯《かいちゅうでんとう》が置《お》かれている玄関《げんかん》ホールを目指《めざ》すことにした。

暗《くら》やみの中《なか》をさぐるように、ふたりはすり足《あし》で進《すす》んでいく。

コンッ！

「痛《いた》いっ！」

ステイシーが声《こえ》をあげた。

「どうしたの？」

「つま先《さき》よ。何《なに》かにぶつけたみたい」

ステイシーが、その場《ば》を手《て》でさぐってたしかめる。

「これは……テーブルみたいね。よし、先《さき》へ進《すす》むわよ」

キィー。

「ステイシー？」

「なあに、シャーロット？」

キィー。

「何《なに》かきこえたよ」

「何《なに》が？」

「わかんない」

キィー、キィー。

「あっ、またきこえた。止《と》まって」

ステイシーとシャーロットはその場《ば》で止《と》まり、息《いき》をひそめて耳《みみ》をすます。

すると、ステイシーにも音《おと》がきこえたの。それは何《なに》かがきしむ音《おと》だった。

「どこからきこえるんだろう？」

ステイシーがシャーロットにたずねる。

「地下室《ちかしつ》じゃないかな」

シャーロットが小声《こごえ》で答《こた》える。

「じゃあ、地下室《ちかしつ》へつながるドアがしまっているか、たしかめに行《い》こう。地下室《ちかしつ》へのドアはどこ？」

「ここだよ」

シャーロットは、かべづたいに手《て》をすべらせながらステイシーを追《お》いこすと、地下室《ちかしつ》へのドアをさぐる。

「うん。しまってるよ」

「オーケー。良《よ》かった。少《すこ》しの間《あいだ》、静《しず》かにしててね」

ふたりはまた、その場《ば》で耳《みみ》をすます。

キィー。キィー、ビシャッ、キィー、ビシャッ。

シャーロットは暗《くら》やみの中《なか》でステイシーの手《て》をさぐりあてると、その手《て》をぎゅっとにぎった。

キィー、ビシャッ、キィー、ビシャッ。

音《おと》はだんだん近《ちか》づいてくる。

「何《なに》かが階段《かいだん》を上《あ》がってくる！」

シャーロットが声《こえ》をおさえながら、するどく言《い》う。でもステイシーは動《うご》くことができなくて、「しーーっ」って言《い》うことしかできなかった。

あとできいたんだけど、このときステイシーは「どうしよう！　怪盗《かいとう》サイレンスが来《き》ちゃった！　怪盗《かいとう》サイレンスが停電《ていでん》で私《わたし》たちを混乱《こんらん》させて、ジョハンセン家《け》の地下室《ちかしつ》からしのびこもうとしてる！」って思《おも》っていたんだって。

キィー、ビシャッ。

その音《おと》はさらに近《ちか》づいてきて、階段《かいだん》の一番上《いちばんうえ》に達《たっ》しようとしていた。

ステイシーがシャーロットを裏口《うらぐち》へ避難《ひなん》させようと決心《けっしん》したそのとき、きしむ音《おと》がぱたりと止《や》んだ。

するとすぐに、ドアの向《む》こう側《がわ》から「ワン！」っていう鳴《な》き声《ごえ》がきこえてきたんだ。

その場《ば》で三十センチくらい飛《と》びあがったステイシーをよそに、シャーロットは「キャロット！」ってさけんだの。

「なあんだ、キャロットだったのかあ。また地下室《ちかしつ》のこわれた窓《まど》から入《はい》ってきたんだね」

「キャロットってだれなの？」

「うちのシュナウザー犬《けん》だよ。きっと、ずぶぬれになってる。タオルをさがしてふいてあげないと」

そのとき、電気《でんき》がもどって明《あ》かりがついた。ステイシーとシャーロットは顔《かお》を見《み》あわせて笑《わら》ったんだ。

ふたりは、びしょぬれになったかわいそうなキャロットをふいてやってから、また「恐怖《きょうふ》のシアター」を見《み》たの。

いつの間《ま》にか嵐《あらし》は止《や》んで、そのあとは何事《なにごと》もない夜《よる》だった。ステイシーがジョハンセン家《け》にいる間《あいだ》、電話《でんわ》は一度《いちど》も鳴《な》らなかったんだ。

9 メアリー・アンは発明家《はつめいか》！

10月《がつ》25日《にち》　土曜日《どようび》

今日《きょう》は夕方《ゆうがた》からデイヴィッド・マイケルのシッターをしました。

トーマス家の他《ほか》の人《ひと》たちは、ワトソンさんとカレンとアンドリューといっしょにディナーに出《で》かけていましたが、デイヴィッド・マイケルは風邪《かぜ》を引《ひ》いていたので、家《いえ》で寝《ね》ていなければならなかったのです。

私《わたし》はデイヴィッド・マイケルのシッターをするのが好《す》きです。

デイヴィッド・マイケルがうまれたときから知《し》っているので、まるで自分《じぶん》の弟《おとうと》みたい。

それに、とてもいい子《こ》です。

でも体調《たいちょう》のすぐれないデイヴィッド・マイケルは、すごく早《はや》い時間《じかん》に寝《ね》てしまいました。

私《わたし》は家《いえ》にひとりきりになったみたいでした。

そのせいで、どろぼうや不審《ふしん》な電話《でんわ》、特《とく》に怪盗《かいとう》サイレンスのことばかり考《かんが》えてしまいました。

天気《てんき》も良《よ》く(少《すこ》し風《かぜ》が強《つよ》かったけど、嵐《あらし》ほどではなかった)、テレビではおもしろい番組《ばんぐみ》をたくさんやっていたけれど、それでもこわかったです……。

メアリー・アン

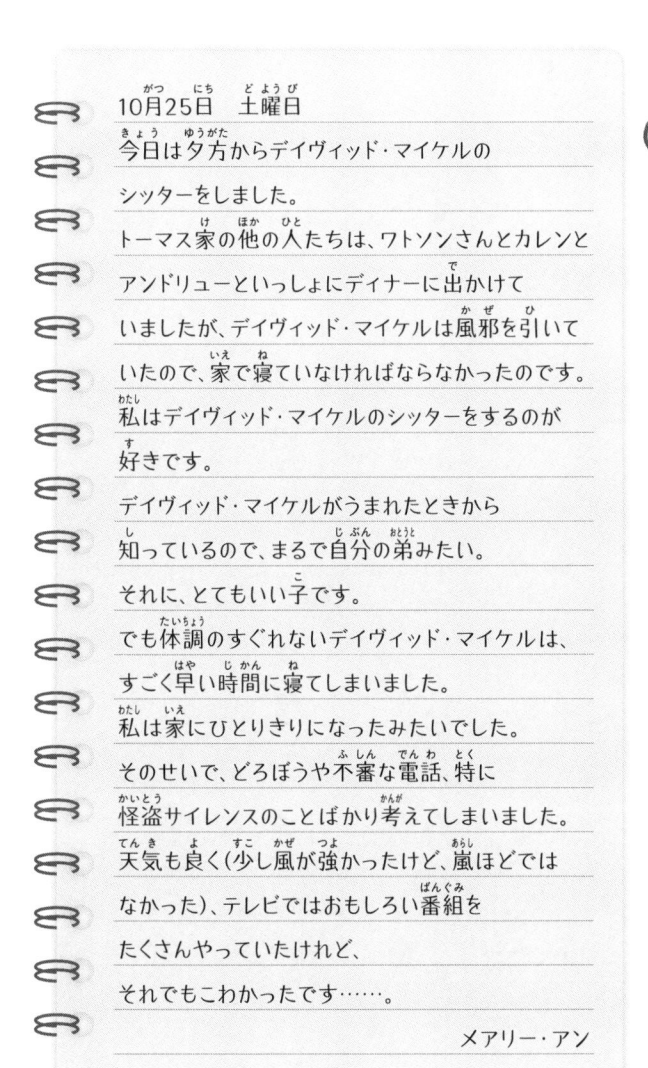

「こわかった」なんていうレベルの話《はなし》じゃないよ。メアリー・アンは正気《しょうき》を失《うしな》いそうになったんだから。

デイヴィッド・マイケルが寝《ね》たあと、メアリー・アンは静《しず》かにソファにこしかけて、ドラマ「アイ・ラブ・ルーシー」の再放送《さいほうそう》を見《み》ていた。すると急《きゅう》にいやな予感《よかん》がして、両《りょう》うでいっぱいに鳥《とり》はだがたったんだって。

メアリー・アンは、すぐさま立《た》ちあがってテレビのボリュームを下《さ》げ、耳《みみ》をすましたの。

だけど何《なに》もきこえなかった。何《なに》も異変《いへん》はなかったけど不安《ふあん》な気持《きも》ちは消《き》えなくて、メアリー・アンは大急《おおいそ》ぎで二階《かい》にいるデイヴィッド・マイケルの様子《ようす》を見《み》にいった。

デイヴィッド・マイケルはまくらもとにティッシュの箱《はこ》を置《お》いて、鼻《はな》いびきをかきながら横《よこ》を向《む》いて寝《ね》ている。その様子《ようす》を確認《かくにん》すると、メアリー・アンはろうかの電気《でんき》をつけたままにして階段《かいだん》を下《お》りた。

そのあともメアリー・アンは、だれかがかくれたりできないよう、開《ひら》いていたクローゼットのドアをすべてしめて、さらに照明《しょうめい》をふたつつけた。念《ねん》のため洗濯《せんたく》室《しつ》もしめておいた。

ついには自分《じぶん》のいる部屋《へや》のブラインドも全部下《ぜんぶさ》げた。トーマス家《け》の犬《いぬ》のルイがいっしょにいたけど、それでもまだ、メアリー・アンは安心《あんしん》できなかった。

テレビを見《み》ているすきに、だれかがしのびこんできたらどうしよう。メアリー・アンの頭《あたま》の中《なか》で不吉《ふきつ》な想像《そうぞう》がふくらんでいく。

そこでメアリー・アンは、どろぼうアラームを設置《せっち》することにした。三つのドア、全部《ぜんぶ》にね。

メアリー・アン・スピアは、おとなしくてはずかしがり屋《や》っていうイメージかもしれないけど、すっごくおもしろいアイデアを思《おも》いつく子《こ》でもあるんだよ。

メアリー・アンがトーマス家《け》にしかけたどろぼうアラームのことを知《し》ったら、きっと納得《なっとく》できるはず。

まずひとつ目《め》は、空《あ》き缶《かん》アラーム。メアリー・アンが先週《せんしゅう》の緊急《きんきゅう》ミーティングで話《はな》していたものだよ。ガレージへつながるドアの内側《うちがわ》にキッチンから持《も》ってきたなべやフライパン、空《あ》き缶《かん》を高《たか》く積《つ》みあげておくの。だれかがガレージから入《はい》ろうとすれば、内側《うちがわ》に開《ひら》くドアが、積《つ》みあげた空《あ》き缶《かん》たちをたおしてしまうでしょ？　その音《おと》がきこえたら、メアリー・アンは別《べつ》のドアからにげて警察《けいさつ》を呼《よ》べるというわけ。どろぼうはびっくりぎょうてんして、にげちゃうかもね。

メアリー・アンは空《あ》き缶《かん》アラームをしかけおわると、もう一度《いちど》テレビの前《まえ》にすわった。でもすわったとたん、玄関《げんかん》にもどろぼうアラームをしかけなきゃって気《き》づいたんだ。

このふたつ目《め》のどろぼうアラームは、ひとつ目《め》よりも、もっとすごいアイデアだよ。

なべやフライパンや空《あ》き缶《かん》は使《つか》いきってしまったから、別《べつ》の方法《ほうほう》を考《かんが》える。おもちゃでいっぱいになったデイヴィッド・マイケルの棚《たな》をながめていたメアリー・アンは、ビー玉《だま》の入《はい》った大《おお》きなふくろに目《め》をとめると、思《おも》わず「これよ！」って声《こえ》をあげたの。

すぐに玄関《げんかん》ホールに向《む》かい、ビー玉《だま》の入《はい》ったふくろを玄関《げんかん》ドアのとなりにあるテーブルに置《お》いて、ふくろの口《くち》のあたりにある小《ちい》さな穴《あな》に、長《なが》いひもを通《とお》した。ひもの反対側《はんたいがわ》は、ドアノブにしっかり結《むす》びつけておく。

メアリー・アンのアイデアはこういうこと。どろぼうがこっそりドアを開《あ》けると、ひもが引《ひ》っぱられる。すると、ふくろが床《ゆか》に落《お》ちてビー玉《だま》が散《ち》らばる。ビー玉《だま》が散《ち》らばる音《おと》でメアリー・アンは異変《いへん》に気《き》づくことができるし、足《あし》をふみいれたどろぼうは、ビー玉《だま》ですべって転《ころ》んじゃうんだ。

玄関《げんかん》にビー玉《だま》アラームをしかけたメアリー・アンは、当然《とうぜん》のように裏口《うらぐち》にもどろぼうアラームをしかけることにした。そうしないことには、もう安心《あんしん》できなかったの。

裏口《うらぐち》にもしかければ、すべてのドアにどろぼうアラームをしかけたことになる。

最後《さいご》のどろぼうアラームをどんなものにするか、メアリー・アンはしばらく考《かんが》えこんだ。なべやフライパンや空《あ》き缶《かん》と同《おな》じく、ビー玉《だま》ももうない。

他《ほか》に大《おお》きな音《おと》が出《だ》せそうなものって何《なに》があるかな？　メアリー・アンはこの家《いえ》

にありそうなものを思《おも》いうかべる。

ブロックは使《つか》えるかも。

ジグソーパズルは？　うーん……。

そうだ！　CD《シーディー》よ！　CD《シーディー》なら大《おお》きい音《おと》も出《だ》せるし、使《つか》えそうね。

メアリー・アンの頭《あたま》の中《なか》でアイデアがふくらんでいく。

まず、CD《シーディー》プレーヤーを借《か》りるために、二階《かい》のクリスティの部屋《へや》へ行《い》った。

続《つづ》けてサムとチャーリーの部屋《へや》に行《い》って、なるべくうるさそうなCD《シーディー》をさがす。

メアリー・アンは、ザ・スライム・キングスの『ぶっこわしやがれ！　おまえのカベ』っていう一枚《まい》を選《えら》んで、プレーヤーにセットした。

一階《かい》のテレビのある部屋《へや》へもどり、ラグの上《うえ》にすわりこむ。

CD《シーディー》プレーヤーをひざの上《うえ》に置《お》き、考《かんが》えをめぐらせる。ステレオの電源《でんげん》が自動《じどう》的《てき》に入《はい》るようにするには、どうすればいい？

プレイボタンをおせば電源《でんげん》は入《はい》る。じゃあ、何《なに》か別《べつ》のものにプレイボタンをおさせることはできるかな？　できれば裏口《うらぐち》のドアでプレイボタンをおしたいんだ

けど、どうすればいいだろう？

そのとき、メアリー・アンはひらめいた。

パッと立《た》ちあがり、プレーヤーを裏口《うらぐち》へ運《はこ》びこむと、また床《ゆか》にすわりこんで、ドアの下《した》に取《と》りつけられているドアストッパーを調《しら》べたんだ。ドアストッパーは細《ほそ》くて、先端《せんたん》にゴムがついている。完《かん》ぺきだ。

メアリー・アンはドアから五十センチほどはなれたところに、CD《シーディー》プレーヤーを置《お》いた。ドアストッパーがプレイボタンをおせるよう位置《いち》を調整《ちょうせい》する。

試《ため》しにドアを開《あ》けてみると、ドアストッパーのいきおいが強《つよ》くてCD《シーディー》プレーヤーがたおれちゃったの。

でもメアリー・アンはこのくらいじゃ、あきらめない。たおれるなら、何《なに》かささえになるものが必要《ひつよう》だって考《かんが》えたんだ。

メアリー・アンは、テレビのある部屋《へや》から重《おも》い円形《えんけい》の台《だい》を引《ひ》っぱってきて、それをCD《シーディー》プレーヤーの後《うし》ろに置《お》いた。

もう一度《いちど》ドアを開《あ》ける。

ドアストッパーは見事《みごと》にプレイボタンをおし、『ぶっこわしやがれ！　おまえのカベ』が流《なが》れだした。

メアリー・アンは満足《まんぞく》げににっこりと笑《わら》ってストップボタンをおすと、ボリュームを最大《さいだい》にしてテレビのある部屋《へや》へもどった。これで音楽《おんがく》アラームの完成《かんせい》。

全部《ぜんぶ》のドアにどろぼうアラームをしかけて安心《あんしん》したメアリー・アンは、ソファにこしかけて、何度《なんど》も読《よ》んでボロボロになった『ひみつの花園《はなぞの》』を開《ひら》く。

お気《き》に入《い》りの場面《ばめん》のひとつ、ミスルスウェイトのお屋敷《やしき》でかくれるようにくらす病弱《びょうじゃく》なコリンをメアリが見《み》つける場面《ばめん》を読《よ》んでいる最中《さいちゅう》、何《なに》かがきしむような不気味《ぶきみ》な音《おと》が玄関《げんかん》ホールからきこえてきた。ほんの小《ちい》さな音《おと》だった。

ちょうどそのとき、メアリー・アンは頭《あたま》の中《なか》でミスルスウェイトのお屋敷《やしき》の暗《くら》くなぞめいたろうかのことを考《かんが》えていたの。そんなタイミングだったから、きこえる音《おと》の全部《ぜんぶ》が不気味《ぶきみ》な音《おと》に感《かん》じちゃったんだって。

メアリー・アンはすばやく顔《かお》を上《あ》げて立《た》ちあがる。

「ルイ！」

助《たす》けを求《もと》めるように小《ちい》さな声《こえ》でルイを呼《よ》ぶ。守《まも》ってほしいときに、あの犬《いぬ》はどこへ行《い》っちゃったのかしら？

メアリー・アンは部屋《へや》のドアまでしのび足《あし》で進《すす》み、玄関《げんかん》ホールの様子《ようす》をのぞきみた。

そこにはルイがいたの。ルイは玄関《げんかん》ドアをじっと見《み》つめて立《た》っている。

ドアの蝶《ちょう》つがいがわずかにきしむ。ルイがクンクン鳴《な》いている。

とつぜん、ドアがいきおいよく開《ひら》き、大《おお》きな音《おと》をたててビー玉《だま》が散《ち》らばった。

ワン！　ワン！　とルイが二度《ど》ほえる。

でも、ドアの向《む》こうにはだれもいなかった。

「なんだ、ただの風《かぜ》よ、ルイ。『ひみつの花園《はなぞの》』に出《で》てくる荒野《ムーア》の強《つよ》い風《かぜ》みたいね」

メアリー・アンの声《こえ》はふるえていた。

「私《わたし》ったら、ドアをしっかりしめていなかったんだわ」

でもルイは納得《なっとく》がいかないという表情《ひょうじょう》で、あみ戸《ど》の前《まえ》にすわりこんで動《うご》かない。

家《いえ》の周《まわ》りをパトロールさせてくれって静《しず》かにうったえていたの。

メアリー・アンはあみ戸《ど》を開《あ》けてルイを外《そと》に出《だ》してやり、散《ち》らばったビー玉《だま》を拾《ひろ》いはじめた。

ビー玉《だま》をすべてふくろにもどしたけど、メアリー・アンはビー玉《だま》アラームをしかけるのはやめておこうって思《おも》ったの。だって、この家《いえ》の玄関《げんかん》にはあみ戸《ど》と内側《うちがわ》のドアにそれぞれかぎがついていて、二重《にじゅう》にかぎをかけることができるって気《き》づいたんだもん。

そしてまた『ひみつの花園《はなぞの》』の世界《せかい》へともどる。メアリとコリンが初《はじ》めて会話《かいわ》をする場面《ばめん》だ。

ドサッ。

どこからか、やわらかいものが何《なに》かにぶつかるような音《おと》がきこえる。たぶん、家《いえ》の中《なか》だ。

さらにおそろしいことに、大音量《だいおんりょう》の『ぶっこわしやがれ！　おまえのカベ』がキッチンで流《なが》れはじめたの！

急《いそ》いでキッチンに行《い》き裏口《うらぐち》のドアを見《み》ると、わずかに開《あ》いている。メアリー・アンはたまらず悲鳴《ひめい》をあげる。

「キャーーーー！」

メアリー・アンが玄関《げんかん》へダッシュしようとしたそのとき、裏口《うらぐち》からルイが入《はい》ってきた。

なんと、音楽《おんがく》アラームを鳴《な》らした犯人《はんにん》はルイだったの！

「ルイ！」

悲鳴《ひめい》のような声《こえ》でメアリー・アンが呼《よ》びかける。ルイは不思議《ふしぎ》そうにCD《シーディー》プレーヤーのにおいをかいでから、自分《じぶん》の水入《みずい》れへと向《む》かう。

ルイは、かぎがかかっていないドアなら、体当《たいあ》たりで開《あ》けられるみたい。

音楽《おんがく》アラームをテストしたあと、メアリー・アンは裏口《うらぐち》のドアをちゃんとしめていなかった。

「私《わたし》ったら、とんでもないベビー・シッターね。玄関《げんかん》も裏口《うらぐち》も戸《と》じまりをしっかりしていなかったなんて。これじゃあだれだって入《はい》ってこられるじゃない」

　メアリー・アンは自分《じぶん》をしかりつけるようにひとりごとをつぶやいた。

「バーリー・アーン！」

　デイヴィッド・マイケルが鼻《はな》づまりの声《こえ》でメアリー・アンを呼《よ》んでいる。

　メアリー・アンがあたりを見《み》まわすと、古《ふる》びた犬《いぬ》のぬいぐるみを片手《かたて》に、ねむそうな顔《かお》のデイヴィッド・マイケルが階段《かいだん》の上《うえ》に立《た》っていた。

「バーリー・アン、音楽《おんがく》を止《と》べでぐれる？　ぞれ、好《す》ぎじゃない。うるざずぎるよ」

デイヴィッド・マイケルは目《め》をぱちぱちさせている。

「ああ、大変《たいへん》！　ごめんね、デイヴィッド・マイケル」

メアリー・アンがあわてて言《い》う。

「起《お》こそうと思《おも》ってやったんじゃないの。本当《ほんとう》よ」

大急《おおいそ》ぎでCD《シーディー》プレーヤーへかけより、電源《でんげん》を切《き》る。

「わざとじゃないの。ごめんなさい……気分《きぶん》はどう？」

「鼻《はな》がづまってでる。あど、頭《あたま》がいだだい」

「そうなの……」

気《き》の毒《どく》に思《おも》ったメアリー・アンは、クリスティのママに言《い》われたことを思《おも》いだした。デイヴィッド・マイケルがほしがれば、子《こ》ども用《よう》の痛《いた》み止《ど》めを飲《の》ませてもいいって言《い》われていたの。

「痛《いた》み止《ど》めを飲《の》みたい？　飲《の》めば頭痛《ずつう》が楽《らく》になるわよ」

メアリー・アンがたずねると、デイヴィッド・マイケルは息苦《いきぐる》しそうに「うん」と答《こた》えた。

「ベッドにもどってて。すぐに行《い》くから」

メアリー・アンはデイヴィッド・マイケルに痛《いた》み止《ど》めを持《も》っていくと、ベッドにこしかけてパイベルおじさんっていう小人《こびと》のお話《はなし》をきかせてあげた。パイベルおじさんは森《もり》の中《なか》にある、カシの木《き》アパートメントの十二階《かい》でミニチュア・コリーのルイといっしょにくらしている。

デイヴィッド・マイケルは楽《たの》しそうにお話《はなし》をきいていたけど、しばらくすると、口《くち》もとに笑《え》みをうかべながらねむりについたの。

メアリー・アンがデイヴィッド・マイケルの部屋《へや》のドアをしめたちょうどそのとき、一階《かい》からすさまじい音《おと》がきこえてきた。

空《あ》き缶《かん》アラームだ！　アラームが鳴《な》ったのに、メアリー・アンのいる二階《かい》にはにげ場《ば》がない！　ドクンドクンと心臓《しんぞう》が鳴《な》るのを感《かん》じながら、メアリー・アンはどうすればいいか考《かんが》えはじめた。

デイヴィッド・マイケルを起《お》こしてクリスティのママの部屋《へや》に避難《ひなん》させて、それから警察《けいさつ》へ電話《でんわ》する？　一《いち》か八《ばち》か玄関《げんかん》までダッシュする？　待《ま》って。ルイが遊《あそ》んでいるだけっていう可能性《かのうせい》もあるよね？

ステイシーに電話《でんわ》をして暗号《あんごう》を使《つか》ってみた方《ほう》がいいのかも。ちゃんと暗号《あんごう》を覚《おぼ》えていたらっていう話《はなし》だけど……。

「メアリー・アン？」

一階《かい》からだれかが呼《よ》んでいる。ひぃぃ〜！　男《おとこ》の人《ひと》の声《こえ》だ！

メアリー・アンはろうかのすみで、ちぢこまってしまった。

「メアリー・アン？」

もう一度《いちど》、さっきよりも大《おお》きな声《こえ》で呼《よ》ばれた。

（なんとなくきき覚《おぼ》えのある声《こえ》だわ。どうして私《わたし》の名前《なまえ》を知《し》っているのかしら？）

メアリー・アンは、不思議《ふしぎ》に思《おも》った。

「メアリー・アーン！」

そのとき、別《べつ》の声《こえ》に名前《なまえ》を呼《よ》ばれた。それはクリスティの声《こえ》だった。

メアリー・アンは思《おも》いきって一階《かい》を見《み》た。

階段《かいだん》の下《した》にはクリスティ、サム、チャーリー、クリスティのママ、ワトソンさん、カレン、アンドリューがそろって立《た》っていて、みんながメアリー・アンを見《み》あげている。

「あら、やっぱりワトソンさんの声《こえ》だったのね」

メアリー・アンはこのとき初《はじ》めて、最初《さいしょ》の声《こえ》がワトソンさんのものだったっていうことに気《き》がついたの。だけど、取《と》りみだしていることに気《き》づかれたくなくて、何事《なにごと》もなかったかのように返事《へんじ》をした。

「さっきデイヴィッド・マイケルに痛《いた》み止《ど》めを飲《の》ませて、もう一度《いちど》寝《ね》かしつけたところです。頭痛《ずつう》で起《お》きてきちゃったから」

メアリー・アンが小走《こばし》りで階段《かいだん》を下《お》りる。

「あの……メアリー・アン……良《よ》かったら、きかせてくれるかしら？」

クリスティのママが言《い》う。

「ドアのそばにある、たくさんの空《あ》き缶《かん》はなんなの？」

「あっ、それですか？　それはその……なんて言《い》うか……。どろぼうよけのアラームみたいなものです。みんなが帰《かえ》ってくる前《まえ》にはかたづけるつもりだったんですけど……」

メアリー・アンの答《こた》えをきいて、クリスティがくすくす笑《わら》いだす。チャーリーもふきだしていた。

「あと、あたしのCD《シーディー》プレーヤーは？」

クリスティにたずねられて、メアリー・アンは裏《うら》口《ぐち》にしかけたアラームを実演《じつえん》して見《み》せたの。このときは、ボリュームを落《お》としてね。

「すごいアイデアだ」

これはワトソンさんのコメント。

「メアリー・アンといっしょにいれば、デイヴィッド・マイケルは絶対《ぜったい》に安全《あんぜん》ね」

クリスティのママの言葉《ことば》にうなずきながら、メアリー・アンは自分《じぶん》の顔《かお》が真《ま》っ赤《か》になっていくのがわかった。

「自分《じぶん》の会社《かいしゃ》を起《お》こせるぞ。会社名《かいしゃめい》は『メアリー・アンの安心《あんしん》アラーム・システム』だ」

サムの言葉《ことば》にメアリー・アンの顔《かお》が、さらに赤《あか》くなる。

「行《い》こう。家《いえ》まで歩《ある》いて送《おく》ってあげる」

メアリー・アンはお給料《きゅうりょう》を受《う》けとると、クリスティに家《いえ》まで送《おく》ってもらったんだ。

10 ダメダメな私《わたし》

ベビー・シッターズ・クラブのミーティングでは、なるべく男《おとこ》の子《こ》や恋愛《れんあい》のことを話《はな》さないようにしている。シッターの話《はなし》とは関係《かんけい》ない話題《わだい》だしね。

最近《さいきん》、トレヴァーのことでなやんでるんだけど、ミーティングでは話《はな》さないよう気《き》をつけてるんだよ。

でもその日《ひ》、十月《がつ》二十七日《にち》の月曜日《げつようび》はちがった。私《わたし》たちはいつも通《どお》り、ベビー・シッターの仕事《しごと》について話《はな》しあおうとしていたのに、議題《ぎだい》が男《おとこ》の子《こ》の話《はなし》にすりかわっちゃったの。

きっかけはクリスティだった。

「今日《きょう》、アラン・グレイに何《なに》をされたと思《おも》う？」

心《こころ》の底《そこ》からいやそうな顔《かお》をしたクリスティがたずねてくる。

「なんで急《きゅう》にアランのことなんか思《おも》いだすの？」

私《わたし》はすぐにききかえした。だって、ステイシーがシャーロット・ジョハンセンのシッターについて報告《ほうこく》している最中《さいちゅう》だったんだもん。

「だって、何《なに》を見《み》ても、あいつのことを思《おも》いだすんだよ」

クリスティが両手《りょうて》をふりあげる。

「毎日《まいにち》、毎秒《まいびょう》、つねにあたしにいやがらせをしてくる」

「今《いま》は何《なに》もされてないじゃない」

メアリー・アンが言《い》う。

「いや、されてるね。あいつが存在《そんざい》するだけで、あたしにめいわくがかかってる。アランが近《ちか》くにいるとムカつきすぎるから、あいつのことで頭《あたま》がいっぱいになるんだよ」

「それで、今日《きょう》は何《なに》をされたの?」

ステイシーがたずねる。

「数学《すうがく》の宿題《しゅくだい》をかくされた。提出《ていしゅつ》しようとしたら見《み》つからなかったんだ。そしたら急《きゅう》にあいつが立《た》ちあがって、ピーターズ先生《せんせい》にこう言《い》ったんだよ。『ちょっといいですか？　クリスティの宿題《しゅくだい》がどこにあるのか知《し》っています。クリスティの弟《おとうと》が食《た》べちゃったんです。クリスティが朝《あさ》ごはんをあげなかったせいで、おなかがすいていたみたいです』」

私《わたし》は思《おも》わず笑《わら》っちゃった。クリスティが私《わたし》の方《ほう》を向《む》いて、にらんでくる。

「えっと、ごめん。でも、おもしろいじゃない」

「クラウディアにとっては、そうだろうね」

「もう、クリスティったら。落《お》ち着《つ》きなよ」

私《わたし》は笑《わら》いながらなだめた。

「でも、それだけじゃないんだから」

クリスティがなおも続《つづ》ける。いかりをぶちまけるスイッチが入《はい》っちゃったんだろうな。

「あいつのいやがらせは日《ひ》に日《ひ》にひどくなってる。先週《せんしゅう》は、二回《かい》もあたしの机《つくえ》の中《なか》をのぞいていたし、木曜日《もくようび》はクラスみんなの前《まえ》であたしのことを『やせっぽちのチビ』って呼《よ》んだ。金曜日《きんようび》なんて、あたしのくつをかくしたんだよ。毎日《まいにち》、何《なに》かしてくるんだもん。あいつはこれからも続《つづ》ける気《き》だよ」

「だったら相談《そうだん》してみたらどうかな……その……サムに？」

ステイシーが言《い》う。

「サムって、あたしのお兄《にい》ちゃんのサムのこと？　ありえない。それにサムにはわからないよ。だってあいつは女好《おんなず》きだもん。ステイシーにも会《あ》わせたかったよ。ていうか、見《み》せたかったって言《い》うべきかな。先週《せんしゅう》の金曜日《きんようび》にサムが映画館《えいがかん》に連《つ》れていった子《こ》のかっこうがすごかったんだよ。サムと同《おな》じハイスクールの九年生《ねんせい》だったんだけど、黄色《きいろ》い髪《かみ》の毛《け》はツンツンにとがっていて、先《さき》っぽがなんか緑色《みどりいろ》だったし、ちっちゃいレースの手《て》ぶくろは指先《ゆびさき》がカットされてたんだよ。そもそも手《て》ぶくろをなんのために……」

ステイシーの表情《ひょうじょう》がどんどんくもる。ステイシーはサムのことが好《す》きなんだ。

クリスティ、お願《ねが》いだからその話《はなし》をやめて！

私《わたし》とメアリー・アンの視線《しせん》を感《かん》じて、クリスティは急《きゅう》に話《はな》すのをやめた。

「何《なに》なに？　あれ、ステイシー、どうしちゃったの？」

わけがわからない様子《ようす》のクリスティは、そのとき初《はじ》めて、ステイシーがうつむいていることに気《き》がついたの。

私《わたし》のベッドにこしかけていたステイシーは、悲《かな》しそうに自分《じぶん》の手《て》を見《み》つめている。

「サムがハイスクールの女《おんな》の子《こ》といっしょに映画館《えいがかん》に行《い》ったの?」

ステイシーが、ささやくようにたずねる。

「うん……あの、あー、どうしよう。ステイシー、ごめんね」

クリスティはステイシーがサムのことを好《す》きだっていうことを、すっかりわすれていたんだ。

「特別《とくべつ》な仲《なか》っていうわけじゃないと思《おも》うよ。サムはステイシーのことを気《き》にしてるし。ほんとに」

「じゃあ、どうしてその女《おんな》の子《こ》と……」

「その子《こ》と映画《えいが》を見《み》た理由《りゆう》は、正直言《しょうじきい》ってわかんない。だけど、きっと深《ふか》い理由《りゆう》なんてないはず。サムは本気《ほんき》にはならないと思《おも》うよ。あたしが保証《ほしょう》する」

「サムは私《わたし》のことが好《す》きだと思《おも》ってた」

「そうだよ。きっとステイシーのことが好《す》きだよ」

悲《かな》しげにつぶやくステイシーに、クリスティはきっぱりとした口調《くちょう》で言《い》う。

落《お》ちこんだステイシーは、迷子《まいご》になった小《ちい》さな女《おんな》の子《こ》っていう感《かん》じだった。

こんなにイケてないステイシーは初《はじ》めて見《み》るよ。

ステイシーのほっぺたに、ふたつぶの涙《なみだ》がゆっくりと伝《つた》っていく。

「ああ、どうしよう！　お願《ねが》いだから泣《な》かないで！」

クリスティがあわてふためく。

すると床《ゆか》にすわっていたメアリー・アンが、すっと立《た》ちあがってステイシーのとなりにこしを下《お》ろした。メアリー・アンは落《お》ちこんでいる人《ひと》を放《ほう》っておお

けないんだ。

そこへ電話《でんわ》が鳴《な》り、私《わたし》が受話器《じゅわき》を取《と》る。

電話《でんわ》の主《ぬし》は同《おな》じ通《とお》りぞいに住《す》むウィリスさんだった。私《わたし》はウィリスさんの家《いえ》で、前《まえ》に一度《いちど》だけベビー・シッターをしたことがあったんだ。

「はい？　今週《こんしゅう》の土曜日《どようび》ですか？　午後《ごご》八時《じ》ですね。わかりました。私《わたし》が行《い》きます」

電話《でんわ》を切《き》って、スケジュール帳《ちょう》に自分《じぶん》の予約《よやく》を書《か》きこむ。

ふと顔《かお》を上《あ》げると、みんなが私《わたし》をにらんでいる。さっきまで泣《な》いていたステイシーですら、私《わたし》をにらんでいる。

今度《こんど》は、私《わたし》が何《なに》かやらかしちゃったみたい。

「えーと……私《わたし》、何《なに》かした？」

「今《いま》、その場《ば》で仕事《しごと》を引《ひ》きうけたよね？」

クリスティがするどい口調《くちょう》で言《い》う。

「うん……」

しまった……。声《こえ》が小《ちい》さくなる私《わたし》。

「クラウディア。依頼《いらい》があったら、まずメンバー全員《ぜんいん》に知《し》らせてから、シッターを決《き》めるっていうルールだよね？」

もちろん知《し》っている。ただ、いろいろと考《かんが》えることが多《おお》くてわすれちゃってただけ。

「ごめん。まず、みんなに確認《かくにん》するべきだったよね」

私《わたし》があやまると、クリスティはうなずいてからこう言《い》った。

「あたしだって、土曜日《どようび》は空《あ》いてたんだから」

「私《わたし》もよ」

メアリー・アンも加《くわ》わる。

「そっか……」

クリスティもメアリー・アンも、この仕事《しごと》を引《ひ》きうけられたんだ……。

続《つづ》けてステイシーも口《くち》を開《ひら》く。

「私《わたし》は空《あ》いてなかった。でも、私《わたし》にも予定《よてい》をきいてほしかった。だってクラウデイアは私《わたし》の予定《よてい》を知《し》らなかったんだし」

「みんな、ごめんね。私《わたし》……ウィリスさんにかけなおすよ。空《あ》いてるふたりのどちらかが、この仕事《しごと》を引《ひ》きうけて」

「ダメだよ」

クリスティがすかさず言《い》う。

「そんなことしたら、まとまりのないクラブだって思《おも》われちゃう。この仕事《しごと》はクラウディアが引《ひ》きうけて。でも、きいておきたいことがあるんだ。今《いま》までメンバーの予定《よてい》をきかずに、クラブの依頼《いらい》を何回《なんかい》引《ひ》きうけた？」

「えーと、しょっちゅうじゃないよ。ほとんどない。たったの……たったの一回《かい》だよ」

「ニュートンさんちの、あの依頼《いらい》は？」

するどい口調《くちょう》でクリスティがたずねる。

「そうだね、それを入《い》れたら二回《かい》だ」

「じゃあ、前《まえ》のシャーロットの依頼《いらい》は？」

ステイシーが言《い》う。

「あ、そっか。じゃあ三回《かい》だね」

「クラウディア！」

クリスティが声《こえ》をあららげるから、私《わたし》もついカッとなってしまった。

「わざとやったんじゃないい！　ぬけがけしようとしたんじゃないよ。わかるでしょ。ただ、最近《さいきん》はトレヴァーのことでなやんでて、いっぱいいいっぱいだったの」

「何《なに》かあったの？」

メアリー・アンがたずねる。

「トレヴァーと全然距離《ぜんぜんきょり》がちぢまらないの！　ハロウィン・ホップまで、あと四日《か》しかないんだよ⁉　それなのにハロウィン・ホップにさそわれるどころ

か、トレヴァーは私《わたし》の名前《なまえ》すら、きっと知《し》らない。いったいどうしたらいいの？」

「クラウディア……そんなに思《おも》いつめているなんて知《し》らなかったわ」

気《き》の毒《どく》そうなステイシーに向《む》かって、私《わたし》はうなずく。

「もう無理《むり》なんだよ……」

「まだ望《のぞ》みはあるわよ！」

とつぜん、メアリー・アンが力強《ちからづよ》い口調《くちょう》で言《い》った。

「まだ時間《じかん》があるってことは、可能性《かのうせい》があるってことよ！　まだ四日《か》もあるじゃない。四日《か》もあれば、なんだって起《お》こる可能性《かのうせい》があるわ」

「トレヴァーに話《はな》しかけた方《ほう》がいいと思《おも》うよ」

クリスティも言《い》う。

「クラウディアからダンスにさそえばいいのよ」

ステイシーのアドバイスに息《いき》が止《と》まっちゃった。

「無理《むり》だよ！　女《おんな》の子《こ》が男《おとこ》の子《こ》をハロウィン・ホップにさそうなんて、ありえない！」

「そんなのニューヨークでは、ふつうのことよ」

「でも、ここはニューヨークじゃないの。ちっぽけなストーニーブルックだよ。トレヴァー・サンドボーンをハロウィン・ホップにさそうなんて、私《わたし》にはできっこない」

「こわいんでしょ」

「その通《とお》りだよ」

たじろぎながら答《こた》える私《わたし》の目《め》を、ステイシーはまっすぐに見《み》ていた。

「トレヴァーだって、同《おな》じようにこわがっているのかもしれないわ」

「そうかなあ？　たしかに彼《かれ》って、繊細《せんさい》そうだもんね……」

ステイシーが何《なに》か答《こた》える前《まえ》に、また電話《でんわ》が鳴《な》る。

「あたしが出《で》るから」

クリスティは「あたしが」っていう部分《ぶぶん》を力強《ちからづよ》く言《い》ってから、受話器《じゅわき》に手《て》をのばす。

「もしもし？　……ハーイ、ニュートンさん。どうされました？」

電話《でんわ》はジェイミーのパパ、ニュートンさんからだった。

「えっ⁉　今《いま》からですか？」

ただならぬ雰囲気《ふんいき》を感《かん》じとった私《わたし》たちは、クリスティの声《こえ》に耳《みみ》をそばだてる。

「奥《おく》さんとは連絡《れんらく》が取《と》れないんですか？」

妊娠中《にんしんちゅう》のニュートンさんの奥《おく》さんは、いつ赤《あか》ちゃんがうまれてもおかしくないくらいおなかが大《おお》きかった。でも予定日《よていび》までは、あと三週間《しゅうかん》あるはず。

「赤《あか》ちゃんがもううまれるの⁉」

クリスティが電話《でんわ》を切《き》ったとたん、メアリー・アンがかん高《だか》い声《こえ》をあげる。

「そうみたい」

クリスティが答《こた》える。

「ジェイミーがニュートンさんの会社《かいしゃ》に電話《でんわ》をかけてきて、早《はや》く帰《かえ》ってきてって言《い》ったんだって。ニュートンさんが『もうすぐ赤《あか》ちゃんがうまれるのかい？』ってきいたら、ジェイミーは『そうだよ』って答《こた》えたんだって！」

「うわああ！　いよいよ赤《あか》ちゃんがうまれるなんて、夢《ゆめ》みたい！」

私《わたし》の声《こえ》も大《おお》きくなる。

「というわけで、ニュートンさんが言《い》うには、今夜《こんや》ジェイミーを見《み》てくれるシッターがひとり必要《ひつよう》になりそうなんだって。もし夜《よる》おそくに病院《びょういん》に付《つ》きそうことになったら、ジェイミーはあたしたちの家《いえ》であずかることになるかも。ニュートンさんが家《いえ》に帰《かえ》って状況《じょうきょう》を確認《かくにん》したら、すぐにもう一度《いちど》電話《でんわ》をくれるってさ」

「ああ……ニュートンさんの奥《おく》さん、無事《ぶじ》だといいわね。ジェイミーに電話《でんわ》をかけさせるくらいだし、予定《よてい》よりも早《はや》くうまれそうだし、いろいろ心配《しんぱい》だわ」

ステイシーが言《い》う。

「たしかに、そうよね」

私《わたし》も同《おな》じ気持《きも》ちだ。私《わたし》たちはさっきまでのアランやトレヴァーの話《はなし》なんて、すっかりわすれていた。

「三週間《しゅうかん》も早《はや》くうまれるなんて、大丈夫《だいじょうぶ》なのかな？」

私《わたし》がそう言《い》うと、他《ほか》のみんなは首《くび》をかしげる。

「わからないわ」

メアリー・アンが言《い》うと、ステイシーが口《くち》を開《ひら》く。

「三か月早《げつはや》くうまれた男《おとこ》の子《こ》の話《はなし》をきいたことがあるわ。その子《こ》は長《なが》く入院《にゅういん》していたけど、今《いま》はすっかり元気《げんき》よ」

「デイヴィッド・マイケルは予定《よてい》より二週間早《しゅうかんはや》くうまれたんだよ」

クリスティも話《はな》しだす。

「だからほんの少《すこ》しだけ、他《ほか》の子《こ》たちより小《ちい》さかったんだよね。お医者《いしゃ》さんたちは体重《たいじゅう》をふやすために、入院《にゅういん》を三日《か》のばしたんだ。でも、今《いま》はなんともないよ」

「ねえ、きいてくれる？」

メアリー・アンが視線《しせん》を落《お》として話《はな》しはじめる。

「私《わたし》、自分《じぶん》が早《はや》くうまれたのか、おそくうまれたのか、それとも予定通《よていどお》りだったのか、なんにも知《し》らないの。パパはそういう話《はなし》――つまり、私《わたし》が赤《あか》ちゃんのころの話《はなし》を、ほとんどしてくれないから。こういうときに、ママがいてくれたらなあって思《おも》うわ。ママがいれば、きっとこういう話《はなし》をしてくれるはずだもの」

しばらくの間《あいだ》、だれも口《くち》を開《ひら》こうとはしなかった。

ステイシーは気《き》の毒《どく》そうにメアリー・アンを見《み》ている。

ステイシーは前《まえ》に言《い》っていたの。もっとメアリー・アンのことを知《し》りたいってね。でもメアリー・アンは内気《うちき》なせいか、ステイシーの前《まえ》だと、少《すこ》しだけかべを作《つく》っているように感《かん》じるんだって。

沈黙《ちんもく》をやぶったのは（いつも通《どお》り）クリスティだった。クリスティのひと言《こと》で、しんみりした空気《くうき》が一変《いっぺん》したんだ。

「ねえ、いいこと教《おし》えてあげる。そういう話《はなし》は、うちのママにきくといいよ。もしくはクラウディアのママか、ミミでもいい。あたしたちは、おさななじみなんだもん。ママたちは、あたしたちが小《ちい》さいころから、子育《こそだ》てについて相談《そうだん》しあっていたらしいよ」

「それ、本当《ほんとう》？」

メアリー・アンがおどろいたようにたずねる。

「じゃあ、その中《なか》のだれかに今度《こんど》きいてみるわね」

そこへ、けたたましく電話《でんわ》が鳴《な》りひびく。

「ニュートンさんだ！」

クリスティは電話《でんわ》に飛《と》びついた。

「ベビー・シッターズ・クラブです」

お仕事《しごと》モードでクリスティが電話《でんわ》に出《で》る。

そう言《い》えば、さっき私《わたし》がウィリスさんからの電話《でんわ》を取《と》ったとき、私《わたし》ってば、お仕事《しごと》モードをわすれてふだんの電話《でんわ》みたいに取《と》ってたかも。あーもう。「仕事《しごと》どろぼう」だけじゃなく、もう一個《こ》やらかしちゃってる……。

「え？　そうなんですか？」

クリスティは、ぽかんとした顔《かお》をしている。

「いえいえ、予定《よてい》より早《はや》すぎなくて安心《あんしん》しました。シッターは、また近《ちか》いうちに。

それじゃ」

「赤《あか》ちゃんがうまれそうっていうのは、かんちがいだった？」

私《わたし》は、電話《でんわ》を切《き》ったクリスティにたずねる。

「うん、まあ、そうとも言《い》えるね」

クリスティは、くすくす笑《わら》っている。

「何《なに》がそんなにおかしいの？」

「ニュートンさんの奥《おく》さんは元気《げんき》だし、赤《あか》ちゃんはまだうまれないよ。ジェイミーってさ、いつもパパと話《はな》したがっているし、毎日《まいにち》パパが仕事《しごと》から帰《かえ》ってくるのを心待《こころま》ちにしてるじゃない？」

私《わたし》たちはうなずいた。

「でね、今日《きょう》は待《ま》ちきれなくなってパパに電話《でんわ》しちゃったんだって。ジェイミーはパパに電話《でんわ》をかけて『早《はや》く帰《かえ》ってきて』って言《い》ったわけ。それをきいて、ニュートンさんが『もうすぐうまれるのかい？』ってたずねたら、ジェイミーは『そうだよ』って答《こた》えた。たしかにジェイミーの家《いえ》には、もうすぐ赤《あか》ちゃんがうまれるんだもん。まちがいじゃないよね。つまり、大《おお》いなる行《い》きちがいだったってわけ！」

この話《はなし》をきいて、みんな声《こえ》を出《だ》して笑《わら》っちゃったんだ。

「出産《しゅっさん》の当日《とうじつ》になったら、すごくドキドキしそうね」

メアリー・アンが言《い》う。

「私《わたし》はトレヴァーがダンスにさそってくれたら、すっごくドキドキしそう」

そう言《い》って、私《わたし》は大《おお》きなため息《いき》をついた。

もし、その日《ひ》の夜《よる》に起《お》こる出来事《できごと》を知《し》っていたら、トレヴァーのことでため息《いき》をつくこともなかったのかもしれない。

トレヴァーのこととはくらべものにならない大事件《だいじけん》が、目《め》の前《まえ》までせまってきていたの。

11 赤《あか》いゼリー事件《じけん》

その日《ひ》の夕食《ゆうしょく》を終《お》えて、私《わたし》は宿題《しゅくだい》に取《と》りかかった。今日《きょう》の見守《みまも》り役《やく》はミミだ。

「今日《きょう》の数学《すうがく》は、手《て》こずりそうなんだ」

キッチンのテーブルで宿題《しゅくだい》の準備《じゅんび》をしながら、私《わたし》はミミにぼやく。

「木曜日《もくようび》にテストがあるから、ピーターズ先生《せんせい》が復習問題《ふくしゅうもんだい》を宿題《しゅくだい》にしたの。あと、私《わたし》だけ追加《ついか》の宿題《しゅくだい》があるんだよね。他《ほか》のみんなにはないの」

「どんな宿題《しゅくだい》かしら、クラウディア？」

「九九《くく》の暗記《あんき》。ピーターズ先生《せんせい》は、私《わたし》が宿題《しゅくだい》を手伝《てつだ》ってもらっているのを知《し》ってるの。それで今夜《こんや》は、暗記《あんき》を手伝《てつだ》ってもらうよう言《い》われたんだ。ミミはフラッシュカードをめくって、問題《もんだい》を出《だ》して。九九《くく》を二周《しゅう》するんだって。あーあ、つまんない、つまんない。九九《くく》の暗記《あんき》なんて、四年生以来《ねんせいいらい》だよ」

「単《たん》なる復習《ふくしゅう》よ、クラウディア。暗記《あんき》は役《やく》に立《た》つもの。九九《くく》を覚《おぼ》えれば、計算《けいさん》がぐんと早《はや》くなるんだから」

ミミが指《ゆび》をパチンと鳴《な》らしながら言《い》う。

「そうだね、宿題《しゅくだい》を早《はや》く終《お》わらせられるようになるなら、大《だい》かんげいだよ」

ミミがにっこり笑《わら》う。

「それじゃあ、カードをめくるわね」

ミミがカードを一枚《まい》めくる。

「六×七」

「四十……じゃなくて、四十二」

「八×三」

「二十四」

フラッシュカードの入《はい》った箱《はこ》の中身《なかみ》が半分《はんぶん》になったころ、玄関《げんかん》のベルが鳴《な》る。

「出《で》てくれるかい、クラウディア？」

ミミは私《わたし》が休《きゅう》けいしたがっていることに気《き》づいて、そう言《い》ってくれたんだ。

私《わたし》はさっと立《た》ちあがって、玄関先《げんかんさき》の窓《まど》からだれが来《き》たのか見《み》てみたの。

すると、おとなりに住《す》むゴールドマン夫妻《ふさい》が玄関《げんかん》に立《た》っていたから、びっくりしちゃった。

ふたりはご高齢《こうれい》の夫婦《ふうふ》で、しょっちゅう旅行《りょこう》に行《い》っているから、あまり会《あ》う機会《きかい》はないの。私《わたし》の知《し》るかぎり、ふたりが電話《でんわ》もなしにたずねてくるのは初《はじ》めてだ。

「ママ！　パパも来《き》て！　ゴールドマン夫妻《ふさい》だよ」

玄関《げんかん》のチェーンをはずしながら呼《よ》びかける。

「ハーイ」

ドアを開《あ》けながら、私《わたし》はふたりにあいさつをした。

「まあ、クラウディア」

あいさつを返《かえ》してくれたゴールドマンさんの奥《おく》さんは、旦那《だんな》さんのうでをしっかりとつかんでいて、なんだかおびえているみたいだった。

「邪魔《じゃま》してすまないね」

旦那《だんな》さんが言《い》う。そこへママとパパがやってきて、私《わたし》の後《うし》ろに立《た》った。

「アイリーン、アーノルド、どうぞ入《はい》って。何《なに》かあったの？」

ママがうながすと、ふたりは玄関《げんかん》ホールへ足《あし》をふみいれる。

「どうやら、どろぼうに入《はい》られたらしいんだ」

旦那《だんな》さんの声《こえ》がふるえている。それから奥《おく》さんが涙《なみだ》ながらに状況《じょうきょう》を説明《せつめい》してくれた。

「私《わたし》たち、外《そと》で夕食《ゆうしょく》を食《た》べて帰《かえ》ってきたところなんだけど、玄関《げんかん》が少《すこ》し開《あ》いているの。それに、リビングの照明《しょうめい》はたしかにつけたままにしておいたのよ。それなのに家《いえ》の中《なか》は真《ま》っ暗《くら》なの」

自分《じぶん》の心臓《しんぞう》の音《おと》が速《はや》くなっているのがわかる。

「おそろしくて、中《なか》に入《はい》れないんだ」

旦那《だんな》さんの手《て》はふるえていて、持《も》っていた帽子《ぼうし》をにぎりつぶしている。

「うちへよってくれて良《よ》かったわ。家《いえ》の中《なか》へ入《はい》らなかったのは良《よ》い判断《はんだん》だと思《おも》う。何《なに》が起《お》こっているのかわからないんだもの」

そう言《い》って、ママは奥《おく》さんのうでをやさしくなでた。

「警察《けいさつ》を呼《よ》ぼう」

パパがそう言《い》うと、その場《ば》へやってきたミミが「私《わたし》はお茶《ちゃ》をいれるわね」って言《い》って、キッチンへ向《む》かう。

だけどミミがお茶《ちゃ》をいれるよりも早《はや》く、ふたりの警察官《けいさつかん》がすぐにかけつけてくれたんだ。

ゴールドマン夫妻《ふさい》の話《はなし》をきいた警察官《けいさつかん》たちは、すぐに家《いえ》の様子《ようす》を見《み》にいった。

「おそらく、どろぼうだと思《おも》われます」

もどってきた警察官《けいさつかん》のひとりが言《い》う。

「二階《かい》が少《すこ》しあらされていましたが、犯人《はんにん》はすでに立《た》ちさったようです。お宅《たく》にもどられても大丈夫《だいじょうぶ》だと思《おも》いますよ」

旦那《だんな》さんがうなずくと、若《わか》い方《ほう》の警察官《けいさつかん》がこう続《つづ》ける。

「おたずねしますが、ご主人《しゅじん》。今日《きょう》は何《なに》かいつもと変《か》わったことはありませんでしたか？　不審《ふしん》な電話《でんわ》など、そういったものは？」

ゴールドマンさんは首《くび》をふる。

「いえ、特《とく》には……」

そのとき奥《おく》さんが、わりこむようにこう言《い》ったの。

「待《ま》って。おかしな電話《でんわ》が一本《ぽん》あったわ、アーノルド。いいえ、正確《せいかく》には二本《ほん》ね。二回《かい》ともあなたが地下室《ちかしつ》で仕事《しごと》をしている間《あいだ》にかかってきたの」

奥《おく》さんが警察官《けいさつかん》に向《む》きなおる。

「夕方《ゆうがた》ごろ、電話《でんわ》が鳴《な》りました。電話《でんわ》に出《で》て『もしもし』と二回言《かいい》ったんですが、電話《でんわ》はすぐに切《き》られてしまいました。その三十分後《ぷんご》に、もう一度同《いちどおな》じような電話《でんわ》がありました」

おどろきのあまり、私《わたし》の目《め》は真《ま》ん丸《まる》になる。

「怪盗《かいとう》サイレンスだ……」

不吉《ふきつ》な推理《すいり》が思《おも》わず口《くち》をついて出《で》てしまった。

若《わか》い警察官《けいさつかん》はするどい視線《しせん》を私《わたし》に向《む》けたかと思《おも》うと、すぐに相棒《あいぼう》に向《む》かって、ごくわずかにうなずいて見《み》せた。

私《わたし》はすぐさま受話器《じゅわき》を手《て》に取《と》ると、怪盗《かいとう》サイレンスのことをクラブのみんなに知《し》らせたの。

最初《さいしょ》にかけたのはステイシー。電話《でんわ》ごしでも、ステイシーが口《くち》をあんぐりと開《あ》けているのがわかった。

「何《なに》をぬすまれたの？」

ステイシーがかん高《だか》い声《こえ》でたずねる。

「真珠《しんじゅ》のネックレスと金《きん》のブローチ。両方《りょうほう》ともすごく高価《こうか》なものみたい。ブローチはアンティークの貴重《きちょう》なものなんだって」

「でも不思議《ふしぎ》ね。犯人《はんにん》はどうやって、その宝石《ほうせき》の存在《そんざい》を知《し》ったんだろう？」

「さあ、わかんない。でも警察官《けいさつかん》が気《き》になることを言《い》ってたよ」

「なんなの？」

「今回《こんかい》の事件《じけん》は怪盗《かいとう》サイレンスじゃなくて、模倣犯《もほうはん》のしわざじゃないかって」

「どうして？」

「ゴールドマン夫妻《ふさい》は、これまで怪盗《かいとう》サイレンスがねらっていたような大金持《おおがねも》ちじゃないし、そもそも私《わたし》たちの近所《きんじょ》には、そんな大金持《おおがねも》ちは住《す》んでないからね」

「なるほど」

ステイシーの次《つぎ》に、クリスティにもこのニュースを知《し》らせたの。クリスティはメアリー・アンにも電話《でんわ》で知《し》らせるって言《い》っていた。

クリスティとの電話《でんわ》を切《き》ったところで、私《わたし》はミミに宿題《しゅくだい》にもどるよう言《い》われた。

フラッシュカードをほぼやりおえたころ、電話《でんわ》が鳴《な》る。

電話《でんわ》に出《で》たミミが私《わたし》に受話器《じゅわき》を手《て》わたしてくれた。

「クリスティからよ。あまり長電話《ながでんわ》しちゃだめよ」

「わかった。ありがとう」

ミミに笑顔《えがお》を向《む》けて、受話器《じゅわき》を受《う》けとる。宿題《しゅくだい》の最中《さいちゅう》に電話《でんわ》をゆるしてくれるのは、ミミだけだ。

「クラウディア！」

クリスティは「もしもし」も言《い》わずに話《はな》しだす。

「大問題《だいもんだい》が発生《はっせい》した」

「いったい何事《なにごと》？」

「メアリー・アンに、ゴールドマンさんちの話《はなし》をするんじゃなかった！　まあ、いずれわかることなんだけどさ」

「何《なに》があったの？」

「メアリー・アンがどろぼうのことをパパに話《はな》しちゃったんだよ。犯人《はんにん》がつかまるまで、ベビー・シッターは禁止《きんし》だって」

「うそ！　やばいじゃん！」

「しかも、今週《こんしゅう》メアリー・アンには三件《けん》の予約《よやく》が入《はい》ってる」

「うそ！　ほんとに、やばいじゃん！」

「たぶんメアリー・アンのパパは、宿題以外《しゅくだいいがい》の用件《ようけん》で夕食後《ゆうしょくご》に電話《でんわ》していたってことにも腹《はら》を立《た》てているんだよ。『宿題《しゅくだい》とベビー・シッターの用件以外《ようけんいがい》、夕食後《ゆうしょくご》の電話《でんわ》は禁止《きんし》』っていう、あのばかげたルールに反《はん》してるから」

「なるほど」

「とにかく、メアリー・アンの代《か》わりを決《き》めなきゃ。明日《あした》の休《やす》み時間《じかん》に緊急《きんきゅう》のクラブミーティングを開《ひら》こう」

「わかった。じゃあ学校《がっこう》でね」

クリスティとの電話《でんわ》のあとでようやく宿題《しゅくだい》をやりおえた私《わたし》は、ミミを自分《じぶん》の部屋《へや》に呼《よ》んで、肖像画《しょうぞうが》の続《つづ》きをかいた。

今《いま》はミミの目《め》をかいているの。目《め》はいちばん、苦労《くろう》する部分《ぶぶん》なんだ。

私《わたし》を見《み》つめるミミのまなざしは、いろんなことを語《かた》りかけてくる。あの目《め》をキャンバスに表現《ひょうげん》したくてたまらないんだけど、すっごくむずかしい。

「ジャニーンとはなかなかよくやれているかい？」

ミミは、前回《ぜんかい》モデルをしてくれたときの会話《かいわ》を思《おも》いだしたみたい。

「特《とく》に変化《へんか》なし、だね」

「ねえ、クラウディア。何《なに》かを変《か》えたければ、まず、あなたが変《か》えていかなきゃ。だれかが変《か》えてくれるのを待《ま》っていたら、私《わたし》みたいなおばあちゃんになっちゃうわよ」

そう言《い》えばこの間《あいだ》も、ジャニーンが私《わたし》と話《はな》そうとしていたのに、つっぱねちゃったな。

ジャニーンに腹《はら》を立《た》てるばっかりで、私《わたし》ってば、その理由《りゆう》をちゃんと話《はな》してないよね。

でも、私《わたし》はミミにこう答《こた》えるのがせいいっぱいだった。

「私《わたし》がおばあちゃんになったら、ミミみたいになりたいな」

ミミがにっこりと笑《わら》う。私《わたし》はミミのひとみに映《うつ》りこむ光《ひかり》の点《てん》を、肖像画《しょうぞうが》にかきくわえた。

――うん、けっこういい感《かん》じ。

次《つぎ》の日《ひ》、学校《がっこう》はゴールドマン家《け》のどろぼうの話《はなし》でもちきりだった。

うわさはあっという間《ま》に広《ひろ》がったんだ。

犯人《はんにん》は怪盗《かいとう》サイレンス？　それとも別人《べつじん》？　怪盗《かいとう》サイレンスは本当《ほんとう》にストーニーブルックに来《き》ている？　親《おや》たちは高性能《こうせいのう》の防犯《ぼうはん》アラームを家《いえ》に取《と》りつけなきゃいけない？　貴重品《きちょうひん》は貸金庫《かしきんこ》にあずけるべき？

みんな大《おお》さわぎしているけど、ひとつだけわかっていることがあるの。

それは、もし犯人《はんにん》が怪盗《かいとう》サイレンスだとしたら、私《わたし》たちの身《み》の安全《あんぜん》を心配《しんぱい》する必要《ひつよう》はないっていうこと。

怪盗《かいとう》サイレンスはたいてい、留守《るす》のお家《うち》だけをねらってきたし、けが人《にん》が出《で》たことは一度《いちど》もない。そもそも、怪盗《かいとう》サイレンスはもくげきされたことすらないの。

数学《すうがく》の時間《じかん》、私《わたし》はトレヴァー・サンドボーンへのアプローチ方法《ほうほう》を考《かんが》えていた。

今日《きょう》は火曜日《かようび》だから、金曜日《きんようび》のハロウィン・ホップまで、あと三日《か》しかない。

ステイシーが言《い》うみたいに、私《わたし》からダンスにさそうなんてできっこないけど、なんとかトレヴァーの注意《ちゅうい》を引《ひ》いて、私《わたし》のことを知《し》ってもらいたい。

お昼《ひる》になると、私《わたし》はいつものようにカフェテリアでランチを買《か》った。

今日《きょう》のメニューはミートローフにさやいんげん、それとマッシュポテト。デザートはいつも通《どお》り、赤《あか》いゼリー。

ランチを受《う》けとると、私《わたし》はステイシー、ドリアン、エミリーと男《おとこ》の子《こ》たちがすわるテーブルに向《む》かう。

あっ、私《わたし》たちのテーブルのふたつとなりにトレヴァーがすわってる！

よーし。トレヴァーに私《わたし》のことを気《き》づかせるチャンスだね。トレヴァーの横《よこ》を通《とお》るときに「ハーイ」ってあいさつができるかも。

トレイをしっかりと持《も》って、テーブルのすみにすわるトレヴァーに近《ちか》づいていく。

トレヴァーの後《うし》ろを通《とお》りすぎようとしたそのとき、近《ちか》くにすわっていた人《ひと》がとつぜん立《た》ちあがったの。

私《わたし》はバランスをくずして、よろけてしまった。

ゼリーのお皿《さら》がトレイからすべりおちていく。

ゼリーはなんと、真《ま》っさかさまにトレヴァーのひざの上《うえ》へ！

トレヴァーは静《しず》かにその様子《ようす》を見《み》ていた。そして、ゆっくりと私《わたし》の方《ほう》を見《み》た。

赤《あか》いどろどろが、トレヴァーのひざの上《うえ》からぽたぽたと床《ゆか》にしたたりおちる。

トレヴァーの顔《かお》はゼリーと同《おな》じくらい真《ま》っ赤《か》になってしまった。

私《わたし》の顔《かお》も同《おな》じ色《いろ》になっている。絶対《ぜったい》に。

どうしよう！　こういうときって、どうすればいいの？

トレヴァーのテーブルにすわっている子《こ》たちが、私《わたし》のことを見《み》ている。その場《ば》にいるたくさんの生徒《せいと》たちも、私《わたし》のことを見《み》ている。

早《はや》くなんとかしなくちゃ。

私《わたし》は、トレイを片方《かたほう》のひざの上《うえ》にバランスよく置《お》いて、トレヴァーに自分《じぶん》の紙《かみ》ナプキンを手《て》わたした。

「ごめん。ごめんなさい」

それだけ言《い》って、私《わたし》はステイシーのとなりの空《あ》いている席《せき》ににげこむ。

くずれおちるようにいすにすわり、両手《りょうて》で顔《かお》をおおう。

「すっごくはずかしい！　みんな、まだ私《わたし》のこと見《み》てる？」

私《わたし》が小声《こごえ》でたずねると、ステイシーはあたりを見《み》まわしてこう答《こた》えた。

「ううん。みんな、トレヴァーがズボンをふくところを見《み》てる。ちなみに、ゼリーのお皿《さら》をトレヴァーのひざの上《うえ》にわすれてるわよ」

「うそ、やだ！　うそ、どうしよう！」

「おい、うまいことやったな、クラウディア！」

同《おな》じテーブルにすわる男《おとこ》の子《こ》、リック・チャウがはやしたてる。

「マジでいい動《うご》きだったぜ」

同《おな》じく調子《ちょうし》を合《あ》わせるハーウィ・ジョンソン。

「うるっさいわね、あんたたち」

そう言《い》う私《わたし》の顔《かお》は、まだ燃《も》えるように赤《あか》かった。

「お〜、こっわ」

ピートもふざける。

男《おとこ》の子《こ》のこういうところは、正直《しょうじき》うっとうしい。男《おとこ》の子《こ》全員《ぜんいん》がこういうふうだとは言《い》わないけどね。

リックとハーウィとピートはハイスクールを卒業《そつぎょう》するまで、この事件《じけん》の話《はなし》を事《こと》あるごとにむしかえしてきそう。いや、一生《いっしょう》言《い》われつづけるかも。

決《き》めた。「恥《はじ》」をテーマに絵《え》をかこう。メインカラーは赤《あか》に決《き》まりだ。

このタイミングでベビー・シッターズ・クラブの緊急《きんきゅう》ミーティングがあって良《よ》かったよ。

たった今《いま》、トレヴァーとの未来《みらい》が消《き》えさってしまったことも、そのせいでハロウィン・ホップの夜《よる》はクリスティやメアリー・アンみたいに家《いえ》にいるはめになっちゃったことも、ミーティングの間《あいだ》は考《かんが》えずにすむから。

クリスティとメアリー・アンは、ハロウィン・ホップに行《い》けないことなんて、なんとも思《おも》ってないけど、私《わたし》はすごく気《き》にするの。

たまたまきいちゃったんだけど、ピートはステイシーをダンスにさそうつもりらしいし、ドリアンとエミリーも、もうダンスの相手《あいて》が決《き》まってるんだって。

クリスティがミーティングの場所《ばしょ》に指定《してい》したのは、校庭《こうてい》の使《つか》われていないバスケットゴールの真下《ました》だった。

クリスティが話《はな》しはじめる前《まえ》に、まず口火《くちび》を切《き》ったのはメアリー・アンだった。

「まず、これだけは言《い》わせて。本当《ほんとう》にごめんなさい。全部《ぜんぶ》私《わたし》のせいよ。問題《もんだい》を起《お》こしちゃって、申《もう》しわけなく思《おも》ってる」

「メアリー・アンじゃなくて、メアリー・アンのパパのせいでしょ」

クリスティが言《い》う。

「そうだけど、三人《にん》に私《わたし》の仕事《しごと》を代《か》わってもらわなきゃいけないから」

「そんなこと気《き》にしないで」

ステイシーが言《い》う。

「そうだよ。どんな仕事《しごと》にも問題《もんだい》はつきもの。問題《もんだい》を解決《かいけつ》することが、人《ひと》を強《つよ》くさせるんだってミミが言《い》ってたよ」

「ミミが言《い》うなら、まちがいないわね」

メアリー・アンは、ようやくにっこり笑《わら》った。

「よーし、代役《だいやく》を決《き》めていくよ」

クリスティは両手《りょうて》をこすりあわせると、持《も》ってきたスケジュール帳《ちょう》を開《ひら》く。

「ふーむ。メアリー・アン、今日《きょう》の午後《ごご》はマーシャルさんちで一時間《じかん》シッターをすることになってるね。明日《あした》はパイクさんちでクレアとマーゴを見《み》て、土曜日《どようび》の午前中《ごぜんちゅう》はシャーロット・ジョハンセンだね？」

「そうよ」

「えーっと、あたしは今日《きょう》の五時《じ》からクラウディアといっしょにニュートンさんちに行《い》くことになっているんだ。その前《まえ》の三時半《じはん》から四時半《じはん》なら、あたしがマーシャルさんちに行《い》けるよ」

「ありがとう。じゃあ、ノートをこっちにちょうだい。この内容《ないよう》を書《か》いておかなきゃ。それが書記《しょき》である私《わたし》の仕事《しごと》だもの」

メアリー・アンはクリスティからノートを受《う》けとると、次《つぎ》の予定《よてい》へと話《はなし》を進《すす》める。

「じゃあ次《つぎ》は、パイク家《け》ね。クラウディア、明日《あした》は何《なに》も予約《よやく》が入《はい》っていないみたいだけど？」

「そうなんだけど、アート教室《きょうしつ》の日《ひ》なんだ」

「そうだったわね」

「他《ほか》にだれもいないなら、休《やす》んでもいいよ？」

私《わたし》がそう言《い》うと、ステイシーがすかさず言《い》う。

「ダメよ。私《わたし》がその仕事《しごと》をもらうわ、メアリー・アン」

「でも、ステイシーにはその時間《じかん》、シャーロットの予約《よやく》が入《はい》っているでしょう？」

スケジュール帳《ちょう》を見《み》ながらメアリー・アンが言《い》う。

「ああ、それは無《な》くなったの。昨日《きのう》の夜《よる》、シャーロットのママからキャンセルの電話《でんわ》があったんだ。時間《じかん》がなくて、まだスケジュール帳《ちょう》を訂正《ていせい》できてなかったの」

「良《よ》かった！　じゃあ、これでパイク家《け》は大丈夫《だいじょうぶ》ね。あとは土曜日《どようび》のシャーロットだけね。クラウディアはどう？」

「いいよ。土曜日《どようび》のシャーロットは私《わたし》が引《ひ》きうけるね」

予定《よてい》がすべて決《き》まったところで、メアリー・アンはノートをパタンととじる。

それからきっぱりとした口調《くちょう》でこう切《き》りだした。

「ずっと考《かんが》えてきたんだけど……私《わたし》はベビー・シッターズ・クラブにいるべきじゃないと思《おも》うの」

「ええっ⁉」

クリスティとステイシーと私《わたし》は、いっせいにききかえす。

「不公平《ふこうへい》だもの。どろぼうがいつつかまるかなんて、だれにもわからないわ。パパは何年《なんねん》でも私《わたし》のベビー・シッターを禁止《きんし》する気《き》よ」

クリスティはなんて言《い》えばいいのかわからなくて「でも……でも……」って言《い》うだけだった。

「ねえ、いいアイデアがあるよ！」

そこで私《わたし》が声《こえ》をあげる。

「クラブの書記係《しょきがかり》だけをやればいいんじゃない？　記録《きろく》や予約《よやく》の管理《かんり》をきっちりする人《ひと》ってことど。メアリー・アンにしかできない仕事《しごと》だと思《おも》うし」

「うーん……。でもそれじゃあ、私《わたし》はお金《かね》をかせげないわ。クラブ費《ひ》だってはらえなくなっちゃう」

「今《いま》はそんなこと、心配《しんぱい》しなくていいよ」

クリスティが言《い》う。

「そうだよ。私《わたし》たちベビー・シッターズ・クラブは、いつだっていっしょにいなきゃ。いいときも悪《わる》いときもね」

そう言《い》って、私《わたし》は親指《おやゆび》を立《た》てた。

「怪盗《かいとう》サイレンスがいるときも、停電《ていでん》のときも」

くすくす笑《わら》いながらステイシーが続《つづ》ける。

「火事《かじ》のときも、洪水《こうずい》のときも、どんなときだって、ずーっといっしょ！」

クリスティはそう付《つ》けくわえると、メアリー・アンに向《む》かってニッと笑《わら》いかけた。

そのときベルが鳴《な》り、私《わたし》たちはおたがいの肩《かた》を組《く》んで校舎《こうしゃ》へもどった。

12 窓《まど》の外《そと》にだれかいる！

　その日《ひ》の夕方《ゆうがた》、私《わたし》とクリスティはこれまでのベビー・シッター経験《けいけん》の中《なか》でも、特別《とくべつ》にこわい思《おも》いをしたの。

　二週間前《しゅうかんまえ》にこの依頼《いらい》を受《う》けたとき、ジェイミー・ニュートンのママは、シッターはひとりでいいと言《い》っていた。

　だけど、その依頼《いらい》には難点《なんてん》があったの。それはジェイミーだけじゃなく、ジェイミーのやんちゃないとこたち、フェルドマンきょうだいもお世話《せわ》しなきゃいけないっていうこと。

　私《わたし》はその子《こ》たちのシッターをひとりでしたことがあるんだけど、あのときはすっごく大変《たいへん》だった。

　だからニュートンさんの奥《おく》さんに、シッターはふたり必要《ひつよう》だろうって言《い》っておいたんだ。特《とく》に今回《こんかい》は、子《こ》どもたちに夕食《ゆうしょく》をあげなきゃいけない時間帯《じかんたい》だしね。

ジェイミーのいとこたちの名前《なまえ》は、ロブとブレンダとロージー。一番上《いちばんうえ》の男《おとこ》の子《こ》、ロブは八才《さい》で、その妹《いもうと》ブレンダが五才《さい》、そして末《すえ》の妹《いもうと》ロージーは三才《さい》。

この三人《にん》の相手《あいて》をするのは大変《たいへん》なの。ロブは女《おんな》の子《こ》がきらい（女《おんな》の子《こ》のベビー・シッターもね）だし、ブレンダは気《き》むずかしいし、ロージーは声《こえ》が大《おお》きくてうるさいの。ていうか、三人《にん》ともうるさい。

前《まえ》に私《わたし》がシッターをしたとき、三人《にん》はリビングで飛《と》びはねたり走《はし》りまわったり、私《わたし》の言《い》うことなんて、ほとんどきいてくれなかった。最後《さいご》にはなんとか落《お》ち着《つ》かせることができたけど、今回《こんかい》の依頼《いらい》は正直《しょうじき》気《き》が重《おも》かった。

ただ今夜《こんや》はクリスティがいてくれるから、前回《ぜんかい》みたいにはならないと思《おも》うんだけど……。

五時《じ》にニュートン家《け》をたずねると、そこはすでに、めちゃくちゃだった。

ロブとブレンダとロージーの両親《りょうしん》であるフェルドマン夫妻《ふさい》と、ジェイミーの両《りょう》親《しん》であるニュートン夫妻《ふさい》は出《で》かける準備《じゅんび》に大《おお》いそがしだったし、子《こ》どもたち四人《にん》のうち、ロブ以外《いがい》の三人《にん》は泣《な》きわめいていた。

泣《な》いていた三人《にん》が奇跡的《きせきてき》に泣《な》きやんだころ、大人《おとな》たちが出《で》かけていく。

よーし、お仕事開始《しごとかいし》！　クリスティと私《わたし》は顔《かお》を見合《みあ》わせてうなずきあう。

リビングにいた子《こ》どもたち四人《にん》はクリスティと私《わたし》をじーっと見《み》ていて、私《わたし》たちも四人《にん》を見《み》つめかえした。するとロブが妹《いもうと》ふたりを集《あつ》めて、何《なに》やらヒソヒソやりだしたの。ジェイミーはその様子《ようす》を横《よこ》から見《み》ていた。

ヒソヒソ話《ばなし》をやめたロブとブレンダとロージーはとつぜん、わめいたり飛《と》びまわったりしはじめた。前《まえ》に私《わたし》がシッターをしたときと同《おな》じだ。

前回《ぜんかい》は私《わたし》がしばらく三人《にん》のすることに反応《はんのう》しないでいたら、静《しず》かになったんだ。

でもクリスティには別《べつ》のアイデアがあった。おてんば娘《むすめ》で、男《おとこ》の子《こ》にも大家族《だいかぞく》にも慣《な》れているクリスティらしいやり方《かた》だよ。

ロブとブレンダとロージーがリビングであばれはじめてから三秒《びょう》もたたないうちに、クリスティは指《ゆび》を口《くち》に入《い》れて力強《ちからづよ》く指笛《ゆびぶえ》をふいた。耳《みみ》をつんざくような音《おと》がひびく。

大《おお》きな音《おと》にびっくりして、その場《ば》でフェルドマンきょうだいがこおりつく。

「よくききな！」

クリスティの声《こえ》が部屋中《へやじゅう》にひびきわたる。

「家《いえ》の中《なか》でさけばない、走《はし》らない、ジャンプしない！　わかった？」

ロブが何《なに》かを言《い》いかえそうとしたけど、クリスティはすかさずたたみかける。

「ひとりでもおかしなまねをするヤツがいたら、全員《ぜんいん》にあたしのパンチをおみまいしてやるから！」

フェルドマンきょうだいがうなずく。ジェイミーは大好《だいす》きなクリスティの別人《べつじん》みたいなすがたに、目《め》を丸《まる》くしておどろいていた。

「あたしの言《い》ったこと、わかった？」

なおも続《つづ》けるクリスティに、フェルドマンきょうだいがうなずく。

「わかればよろしい。質問《しつもん》は？」

クリスティがたずねると、ロブはまた口《くち》を開《ひら》きかけたけど、思《おも》いなおしたように手《て》をあげる。

「どうぞ」

クリスティがうながす。

「さっきの、どうやったの？」

「なんのこと？」

「指《ゆび》を使《つか》った笛《ふえ》だよ」

「ああ。おいで、教《おし》えてあげる。でも、これだけは覚《おぼ》えといて。この笛《ふえ》はふつうは部屋《へや》の中《なか》じゃなくて、外《そと》でふくものだからね。わかった？」

「うん」

指笛《ゆびぶえ》の練習《れんしゅう》をするため、クリスティがロブを地下室《ちかしつ》へ連《つ》れていき、残《のこ》りの三人《にん》は私《わたし》が遊《あそ》び部屋《べや》へと連《つ》れていく。

三人《にん》にはジェイミーのお気《き》に入《い》りの遊《あそ》びをしてもらうことにしたの。かいじゅうのぬりえだよ。みんながおとなしく遊《あそ》びはじめたころ、電話《でんわ》が鳴《な》った。

「私《わたし》が出《で》るね」

地下室《ちかしつ》にいるクリスティに向《む》かって声《こえ》をかけ、キッチンへと急《いそ》ぐ。

「もしもし。ニュートンです」

しーん。なんの音《おと》もきこえない。

「も、もしもし？」

もう一度《いちど》言《い》ってみる。

何《なに》かがあるときと同《おな》じくらい、何《なに》もないときがおそろしいって、なんだか不思《ふし》議《ぎ》。私《わたし》は手《て》をふるわせながら受話器《じゅわき》を置《お》いた。

「だれからだった？」

クリスティが地下室《ちかしつ》からたずねる。

「えっと……まちがい電話《でんわ》だよ」

私《わたし》はぎこちなく答《こた》えた。子《こ》どもたちをこわがらせたくなくてそう言《い》ったけど、夕《ゆう》べのゴールドマン家《け》のことを思《おも》いだして、急《きゅう》にこわくなってきちゃったの。子《こ》どもたちにきかれないようタイミングを見《み》はからって、できるだけ早《はや》いうちに、クリスティにこっそり電話《でんわ》のことを話《はな》そう。

それから三十分後《ぷんご》、また電話《でんわ》が鳴《な》った。

ちょうどそのとき、クリスティはロブといっしょに階段《かいだん》を上《あ》がってくるところだった。

「次《つぎ》はあたしが出《で》るよ」

クリスティはそう言《い》って、キッチンへ向《む》かう。私《わたし》はうなずいてからクリスティのあとを追《お》ったの。

「もしもし……もしもし？」

すぐに例《れい》の電話《でんわ》だってわかった。

電話《でんわ》を切《き》ったクリスティの顔《かお》がこわばっている。私《わたし》は遊《あそ》び部屋《べや》をちらっと見《み》て、子《こ》どもたちに何《なに》も気《き》づかれていないことを確認《かくにん》した。

「何《なに》も言《い》わなかった？」

私《わたし》の問《と》いかけに、クリスティがうなずく。

「最初《さいしょ》の電話《でんわ》もそうだったよ。単《たん》なるまちがい電話《でんわ》じゃないみたい」

「どう思《おも》う？　怪盗《かいとう》サイレンスが来《く》るってこと？」

くちびるをかんでいたクリスティが、小声《こごえ》でたずねる。私《わたし》は肩《かた》をすくめた。

「ねえ、サムのいたずらっていう可能性《かのうせい》はないかな？」

クリスティのお兄《にい》ちゃんならやりかねない。サムはベビー・シッターズ・クラブにいたずらをするのが好《す》きなんだよね。

「ありえるね」

考《かんが》えこんだ様子《ようす》でクリスティが答《こた》える。

「サムは怪盗《かいとう》サイレンスに興味《きょうみ》しんしんなんだ。でも無言《むごん》っていうのがサムっぽくないなあ。サムは自分《じぶん》がやったっていう証拠《しょうこ》を残《のこ》したがるタイプだからね。すっごくこわい声《こえ》で『ウ〜〜〜〜ッ、クリスティ〜〜〜〜。怪盗《かいとう》サイレンスだぞ〜。ウ〜〜〜〜、プラスチックの指輪《ゆびわ》とチャームネックレスをかくした方《ほう》がいいぞ〜。さもないとオレがとっちゃうぞ〜』とか言《い》いそう」

クリスティのものまねがおかしくて、こんなときなのに笑《わら》っちゃった。

「でもまあ、電話《でんわ》の相手《あいて》が怪盗《かいとう》サイレンスだとしても、私《わたし》たちはきっと大丈夫《だいじょうぶ》よ。だって怪盗《かいとう》サイレンスとはちあわせた人《ひと》はいないもん」

私《わたし》は自分《じぶん》をはげますように言《い》った。

「そうかもね。でもそれは今《いま》までの話《はなし》だよね。今《いま》この家《いえ》にいるのは子《こ》どもだけだよ。たぶん、怪盗《かいとう》サイレンスはそのことに気《き》づいていて……」

「怪盗《かいとう》サイレンスは、何《なに》も気《き》づきようがないよ。大人《おとな》がいないなんて、わかりっこないじゃない。ただ子《こ》どもが電話《でんわ》に出《で》たっていうだけなのに……」

このタイミングで、三度目《どめ》の電話《でんわ》が鳴《な》る。今度《こんど》は私《わたし》が受話器《じゅわき》を取《と》った。

「もしもし？　……もしもし？」

そのとき、私《わたし》はキッチン中《じゅう》にひびく声《こえ》で、こうさけんだの。

「ねえパパ、またおかしな電話《でんわ》だよ！　そろそろ……」

私《わたし》が「そろそろ警察《けいさつ》に電話《でんわ》しようよ」って言《い》いおわらないうちに、電話《でんわ》は切《き》れてしまった。

三度目《どめ》の無言電話《むごんでんわ》だなんて、いよいよおかしい。受話器《じゅわき》を置《お》きながら、ぎこちない笑顔《えがお》でクリスティを見《み》ると、クリスティも同《おな》じ笑顔《えがお》を返《かえ》してきた。

「さてと」

クリスティがきびきびとした口調《くちょう》で話《はな》しだす。

「夕食《ゆうしょく》の準備《じゅんび》をしよっか。子《こ》どもたちはきっと、おなかを空《す》かせているころだよ」

「おーい、夕食《ゆうしょく》を食《た》べたい人《ひと》～？」

子《こ》どもたちの楽《たの》しそうな声《こえ》がきこえる遊《あそ》び部屋《べや》に向《む》かって、私《わたし》は声《こえ》をかけた。

「腹《はら》ペコだよ！」

ロブはすぐに返事《へんじ》をして、さっと立《た》ちあがる。

「やった！」

他《ほか》の三人《にん》も声《こえ》をそろえる。三人《にん》ともクレヨンを放《ほう》ってそのまま走《はし》ってきたから、私《わたし》は声《こえ》をかけた。

「みんな、遊《あそ》び部屋《べや》のクレヨンと紙《かみ》をかたづけてからだよ」

「オレは、ぬりえしてないもん」

ロブが言《い》う。

「じゃあ、テーブルの準備《じゅんび》を手伝《てつだ》って」

私《わたし》がそう言《い》うと、ロブは機嫌良《きげんよ》さそうに「わかった」って答《こた》えた。

テーブルのお皿《さら》の上《うえ》にはサンドイッチが積《つ》みあげられ、ガラスのコップには牛《ぎゅう》乳《にゅう》が注《そそ》がれている。クリスティと私《わたし》とで、全員《ぜんいん》にリンゴとオレンジを回《まわ》していく。

かんたんな夕食《ゆうしょく》だったけど、クリスティと私《わたし》をふくめた全員《ぜんいん》が満足《まんぞく》そうに食《た》べていたの。

だれも何《なに》もしゃべらず夢中《むちゅう》で味《あじ》わっていたあの数分間《すうふんかん》、たしかに私《わたし》たちはすごく幸《しあわ》せな気分《きぶん》だった。

きこえていたのはバリバリ、むしゃむしゃっていう音《おと》と、ジェイミーが牛乳《ぎゅうにゅう》を飲《の》むゴックンっていう音《おと》だけ。そのとき――。

ガシャン。

家《いえ》の外《そと》から小《ちい》さな音《おと》がきこえた。

おたがいのツナサンドイッチごしに、私《わたし》とクリスティの目《め》が合《あ》う。

何《なに》かきこえた？　声《こえ》に出《だ》さず口《くち》をパクパクさせてクリスティにたずねる。

「何《なに》かきこえたよな？」

同《おな》じタイミングでロブが言《い》う。

「ああ、きっと風《かぜ》の音《おと》ね」

とっさにそう答《こた》えたけど、私《わたし》の声《こえ》はふるえていた。

「今夜《こんや》は風《かぜ》なんかふいてないぜ」

ガシャン。

また同《おな》じ音《おと》がする。そんなに大《おお》きな音《おと》ではない。

「ほら、またきこえただろ」

「犬《いぬ》がごみ箱《ばこ》をあさっているのかも」

今度《こんど》はクリスティがロブに言《い》う。

「この家《いえ》のごみ箱《ばこ》はプラスチックだから、あんな音《おと》じゃねえよ」

「じゃあ、私《わたし》が見《み》てくる」

私《わたし》は勇気《ゆうき》をふりしぼって言《い》った。

でも、外《そと》を見《み》にいくどころか、私《わたし》の足《あし》はリビングで止《と》まっちゃったの。

私《わたし》の後《うし》ろについてきたクリスティとロブも、そこ

から進《すす》めなかった。

リビングから見《み》える玄関先《げんかんさき》の窓《まど》から、はっきりと音《おと》がきこえた上《うえ》に、走《はし》りさる人影《ひとかげ》が見《み》えたんだもん。

「もうがまんできない！」

こわいっていうより、腹《はら》が立《た》ってきた。

「警察《けいさつ》に電話《でんわ》する」

そして、私《わたし》は911*に電話《でんわ》をかけた。

13 人影《ひとかげ》の正体《しょうたい》

「もしもし！　もしもし！」

あーもう。こわくてさけびたいのに、人影《ひとかげ》にきかれないよう小声《こごえ》で話《はな》さなきゃいけないいから、もどかしい。

「もしもし。どうしましたか？」

電話《でんわ》の向《む》こうの女性《じょせい》が答《こた》える。

「今《いま》、ベビー・シッターをしているんです」

私《わたし》は小声《こごえ》で話《はな》しはじめる。

「外《そと》に不審者《ふしんしゃ》がいます。玄関先《げんかんさき》の窓《まど》のあたりです。あと、これまでに不審《ふしん》な電話《でんわ》が何度《なんど》かありました。電話《でんわ》に出《で》ると、すぐに切《き》られてしまいます」

「わかりました。通報《つうほう》して正解《せいかい》ですよ。お名前《なまえ》は？」

「クラウディア・キシです」

＊911：アメリカの緊急通報用電話番号《きんきゅうつうほうようでんわばんごう》

「今《いま》、ベビー・シッターをされているお宅《たく》の住所《じゅうしょ》は？」

私《わたし》はこの家《いえ》の住所《じゅうしょ》をすらすらと答《こた》えられた。安全対策《あんぜんたいさく》として、シッター先《さき》の住《じゅう》所《しょ》と電話番号《でんわばんごう》を覚《おぼ》えておくっていうルールをクリスティが新《あたら》しく作《つく》ったんだ。

住所《じゅうしょ》を教《おし》えると、電話《でんわ》の向《む》こうの女性《じょせい》は「ありがとう」と言《い》ってから、こう続《つづ》けた。

「では、あなたの電話番号《でんわばんごう》もお願《ねが》いします。のちほど、あなたに連絡《れんらく》を取《と》る必要《ひつよう》があるかもしれませんので、念《ねん》のため」

言《い》われた通《とお》り、自分《じぶん》の番号《ばんごう》も教《おし》える。

「わかりました。すでに、そちらへ警察官《けいさつかん》が向《む》かっています。二、三本先《ばんさき》の通《とお》りにいますから、間《ま》もなく到着《とうちゃく》しますよ。本当《ほんとう》に不審者《ふしんしゃ》がひそんでいた場合《ばあい》、その不審者《ふしんしゃ》をこわがらせてにがしてはいけませんので、パトカーは少《すこ》しはなれた場所《ばしょ》に停車《ていしゃ》させます。ひとりの警察官《けいさつかん》が静《しず》かに庭《にわ》を捜索《そうさく》して、もうひとりの警察官《けいさつかん》がお宅《たく》の玄関《げんかん》へお話《はなし》をうかがいにいきます」

「わかりました」

心《こころ》もとない気持《きも》ちで外《そと》に目《め》をやる。窓《まど》の外《そと》は真《ま》っ暗《くら》だ。

「玄関《げんかん》にいるのが警察官《けいさつかん》だって、どうやって見分《みわ》ければいいですか？」

「いい質問《しつもん》ですね。かしこいベビー・シッターだわ。玄関《げんかん》ベルが鳴《な》ったら、だれが来《き》たのかたずねてください。警察官《けいさつかん》だと名乗《なの》りますから。ドアにチェーンロックはついていますか？」

「はい」

「今《いま》すぐにチェーンをかけて――」

「クリスティ、玄関《げんかん》ドアのチェーンをかけてきて」

私《わたし》がヒソヒソ声《ごえ》で言《い》うと、クリスティは玄関《げんかん》に向《む》かってかけだした。

「――その男性《だんせい》が警察官《けいさつかん》だと名乗《なの》ったら、男性《だんせい》が持《も》つバッジを確認《かくにん》できるくらいのはばでドアを開《あ》けるんです。いいですか？」

「わかりました。あっ、今《いま》ベルが鳴《な》りました。どうも、ありがとう」

大急《おおいそ》ぎでお礼《れい》を言《い》って、電話《でんわ》を切《き》る。

クリスティが玄関《げんかん》ドアを開《あ》けようとしていたから、私《わたし》は「待《ま》って」って声《こえ》をかけた。

「私《わたし》にまかせて。今《いま》、電話《でんわ》でやり方《かた》を教《おそ》わったの」

そう言《い》って私《わたし》がドアにかけよると、クリスティ、ロブ、ブレンダ、ロージー、ジェイミーが私《わたし》の後《うし》ろについてきてくれた。みんなが付《つ》きそってくれて、私《わたし》は心《こころ》強《づよ》かった。

「どちら様《さま》ですか？」

「警察《けいさつ》のドルー巡査《じゅんさ》です」

チェーンがかかっているのを確認《かくにん》してから、私《わたし》はドアを少《すこ》しだけ開《ひら》く。

ニュートン家《け》の玄関前《げんかんまえ》の階段《かいだん》に、警察《けいさつ》の制服《せいふく》を着《き》た年配《ねんぱい》の男性《だんせい》が立《た》っている。親切《しんせつ》そうなおじいさんだ。すごくきちんとした印象《いんしょう》だけど、警察官《けいさつかん》には見《み》えない。少《すく》なくとも、私《わたし》の警察官《けいさつかん》のイメージとはちがう。だって強《つよ》そうじゃないんだもん。

でも、そのおじいさんがかかげていたのは、明《あき》らかに警察《けいさつ》のバッジと身分証明《みぶんしょうめい》書《しょ》だった。

「ねえ、本物《ほんもの》の警察官《けいさつかん》かどうかチェックして」

私《わたし》はクリスティに向《む》かって肩《かた》ごしにささやいてから、クリスティがドアの外《そと》を見《み》られるよう横《よこ》にずれた。

「だれからの電話《でんわ》──つまり、通報者《つうほうしゃ》の名前《なまえ》はご存《ぞん》じですか？」

クリスティは、大人《おとな》が仕事《しごと》で使《つか》うみたいな言葉《ことば》でたずねる。

「クラウディア・キシという方《かた》です」

おじいさんは根気《こんき》よく答《こた》えてくれた。

「通報者《つうほうしゃ》はあなたですか？」

「いいえ、私《わたし》です」

クリスティの後《うし》ろから私《わたし》が名乗《なの》りでる。

「もう大丈夫《だいじょうぶ》だよ、クリスティ。中《なか》に入《い》れてあげよう」

そう言《い》って、玄関《げんかん》ドアを開《あ》ける。

次《つぎ》の瞬間《しゅんかん》、私《わたし》は自分《じぶん》の目《め》をうたがった。

そこにはドルー巡査《じゅんさ》ともうひとりの警察官《けいさつかん》、そしてなぜかアラン・グレイが立《た》

っていたの！

クリスティもおどろいて固《かた》まっている。

「あの人《ひと》、だれ？」

ロブがたずねる。

クリスティはすぐにアランと戦《たたか》う準備《じゅんび》に入《はい》った。

なんてったって、ふたりは宿敵《しゅくてき》どうしだから。

「アラン、なんでここにいるの⁉　あんたってやつは、コソコソとひきょうなまねを……」

「この少年《しょうねん》を知《し》っているのかい？」

ドルー巡査《じゅんさ》は口《くち》もとに笑《え》みをうかべている。

「知《し》ってますとも！」

クリスティがいきおいよく答《こた》える。

「こいつの名前《なまえ》はアラン・グレイ。ロックヴィル・コートに住《す》んでいて、ストーニーブルック・ミドルスクールの七年生《ねんせい》で……」

アランが、しおしおとうなだれる。まるで失敗《しっぱい》したスフレみたい。

「もう十分《じゅうぶん》だよ、おじょうさん。だいたいわかったから」

ドルー巡査《じゅんさ》が言《い》う。

「こいつ、何《なに》をやってたんですか？」

私《わたし》がたずねると、もうひとりの警察官《けいさつかん》が答《こた》える。

「家《いえ》の横《よこ》のツツジのしげみにかくれていたよ。申《もう》しおくれたね、私《わたし》はスタントン巡査《じゅんさ》だ」

「ハーイ」

私《わたし》たちは口《くち》をそろえて、あいさつをする。

「その帽子《ぼうし》、かぶらせてくれる？」

ジェイミーがドルー巡査《じゅんさ》に向《む》かってたずねると、ドルー巡査《じゅんさ》はにっこりと笑《わら》って帽子《ぼうし》をジェイミーに手《て》わたした。

「少《すこ》し中《なか》に入《い》れてもらえるかい？　話《はな》しあった方《ほう》が良《よ》さそうだからね」

ちらっと見《み》たクリスティの顔《かお》は、カンカンにおこっていた。あのつきさすような視線《しせん》でアランの体《からだ》に穴《あな》が開《あ》いたとしても、不思議《ふしぎ》じゃない。

「もちろんです」

ドルー巡査《じゅんさ》に返事《へんじ》をすると、クリスティが私《わたし》にしかめっ面《つら》をしてみせたの。私《わたし》はクリスティに向《む》かってささやいた。

「なによ、仕方《しかた》ないじゃない。警察《けいさつ》には協力《きょうりょく》しなきゃ」

私《わたし》は、ドルー巡査《じゅんさ》たちをリビングに通《とお》した。

「ねえ、みんな――」

ベビー・シッターとしての責任《せきにん》を果《は》たすため、私《わたし》は子《こ》どもたちに声《こえ》をかけた。

「――今《いま》すぐキッチンにもどって、夕食《ゆうしょく》を静《しず》かに食《た》べおえることができたら、デザートにクッキー・サプライズが待《ま》ってるよ」

「クッキー・サプライズってなんだよ?」

ロブがうさんくさそうにたずねる。

「言《い》っちゃったら、サプライズにならないじゃない。夕食《ゆうしょく》を食《た》べおわったらわかるわよ。あと、キッチンでいい子《こ》にしていられたらね」

子《こ》どもたちが大急《おおいそ》ぎでキッチンへ向《む》かうと、残《のこ》されたアラン、ふたりの警察官《けいさつかん》、クリスティ、そして私《わたし》はおたがいの顔《かお》を見《み》ていた。

ドルー巡査《じゅんさ》が何《なに》か言《い》おうとしたけど、クリスティが先《さき》に口《くち》を開《ひら》く。

「さあアラン、白状《はくじょう》しな。玄関先《げんかんさき》の窓《まど》の前《まえ》にいたのは、あんたなの？」

「オレじゃ……」

アランがすかさず否定《ひてい》しようと目線《めせん》を上《あ》げると、ドルー巡査《じゅんさ》とスタントン巡査《じゅんさ》がこわい顔《かお》でアランをにらみつけている。

「……そうだよ」

アランは観念《かんねん》した。

「夕方《ゆうがた》に三回《かい》も電話《でんわ》してきて、クリスティと私《わたし》が出《で》たとたん、すぐに切《き》ったのもあんたなの？」

私《わたし》がたずねると、アランはうつむいて「うん」とだけ答《こた》えた。

「まさかとは思《おも》うけど、あたしがワトソンの家《いえ》でシッターをしているときに電話《でんわ》をかけてきたのも、あんたなの？」

「そうだよ……」

クリスティが問《と》いつめると、アランがもごもごと答《こた》える。

「この家《いえ》でも前《まえ》に何度《なんど》か同《おな》じ電話《でんわ》があったし、マーシャルさんの家《いえ》で私《わたし》がシッターをしているときも一、二回《かい》かけてきたよね？」

「それは……」

立《た》て続《つづ》けに私《わたし》も問《と》いただすと、アランは消《き》えいるような声《こえ》で返事《へんじ》をした。

「でも、どうやってあたしのシッター先《さき》がわかったの？」

「それにどうして、このおじょうさんにいやがらせをするんだ？」

クリスティに続《つづ》いてドルー巡査《じゅんさ》がたずねる。その口調《くちょう》があまりにきびしくて、思《おも》わず敬礼《けいれい》しそうになっちゃった。

たぶんドルー巡査《じゅんさ》は、アランを少《すこ》しビビらせようとしていたんだと思《おも》う。

「えっと……あの……どっちの質問《しつもん》に先《さき》に答《こた》えればいいですか？」

アランがふたりの警察官《けいさつかん》にたずねる。

「あたしの質問《しつもん》が先《さき》だよ」

クリスティの言葉《ことば》に、スタントン巡査《じゅんさ》の片《かた》まゆが上《あ》がる。私《わたし》はクリスティの足首《あしくび》をけった。

「わかった」

アランがくちびるをなめる。

「……シッター先《さき》がわかったのは、お前《まえ》のおかげだよ」

「あたしのおかげ？　なんで？」

「ほら、お前《まえ》の、あのノートに全部書《ぜんぶか》いてあるだろ」

「ノート……それって、クラブのスケジュール帳《ちょう》のこと？」

「たぶん、それのことだ。毎朝《まいあさ》チェックしてたんだ。あのノートには全部《ぜんぶ》の情報《じょうほう》が書《か》かれているからな。時間《じかん》と住所《じゅうしょ》、あとは……」

「……電話番号《でんわばんごう》」

クリスティが手《て》をおでこにピシャリと当《あ》てて、アランの言《い》おうとしていた言葉《ことば》をつなぐと、アランは「その通《とお》りだ」と言《い》わんばかりにうなずいた。

「アラン、あんたって最低《さいてい》！」

クリスティがどなり声《ごえ》をあげた瞬間《しゅんかん》、キッチンからきこえていた食事《しょくじ》をする音《おと》がピタリと止《や》む。子《こ》どもたちはキッチンできき耳《みみ》を立《た》てていたの。

「最《さい》っ低《てい》、最《さい》っ悪《あく》、ムカつきすぎて……」

「わかったよ、落《お》ち着《つ》いて、おじょうさん」

ドルー巡査《じゅんさ》はこうふんするクリスティをなだめると、アランに向《む》きなおった。

「どうやって、毎朝《まいあさ》そのノートを見《み》ることができたんだ？」

「オレ……ちょっと借《か》りたつもりだったんです。クリスティがいないときだったけど、クリスティの机《つくえ》から……」

ひどい言《い》いわけ。言《い》いわけにもなってないし。

「その行為《こうい》はプライバシーの侵害《しんがい》だって、知《し》ってるか？」

「えっと……」

アランが答《こた》える前《まえ》に、クリスティが口《くち》をはさむ。

「オーケー。つまり、あんたはノートの中身《なかみ》を勝手《かって》に見《み》たわけね。で、なんでシッター先《さき》にまで来《く》るの？　あたしをこわがらせたかったわけ？」

「えっと……ちがうんだ。オレはただ……お前《まえ》にききたいことがあって、でもきけなくて……きく度胸《どきょう》がなかったんだ。学校《がっこう》で面《めん》と向《む》かってきくなんて、できなかった」

「スケジュール帳《ちょう》をぬすみみて、コソコソあたしのことをかぎまわったり、髪《かみ》の毛《け》を引《ひ》っぱってきたり、転《ころ》ばせようとしてきたり、ランチをぬすんだり、ピーターズ先生《せんせい》にあたしのウソの情報《じょうほう》を言《い》ったりする度胸《どきょう》はあったけどね」

「ねえ、君《きみ》――」

スタントン巡査《じゅんさ》がやさしい声《こえ》でアランに話《はな》しかける。

「――このおじょうさんに、何《なに》をききたかったんだい？」

アランは何《なに》かぼそっと言《い》ったけど、だれもききとれなかった。

「なんて言《い》ったの、アラン？」

クリスティが、ていねいにききかえす。

「オレとハロウィン・ホップに行《い》ってくれないかって、ききたかったんだ！」

アランはみんなにもきこえる大《おお》きな声《こえ》で、ひと息《いき》に言《い》いきった。

うそー！　そんなこと、ある⁉

私《わたし》がクリスティだったら、目《め》ん玉《たま》が飛《と》びでるところだよ。

でもクリスティはというと、なんでもないような顔《かお》で、こう言《い》っただけだった。

「えっ、なんだ、そんだけ？　もちろんいっしょに行《い》くよ……ありがとう」

えー！　こんな展開《てんかい》ってあり⁉

そのとき、フェルドマン夫妻《ふさい》とニュートン夫妻《ふさい》が、予定《よてい》よりも早《はや》く家《いえ》に帰《かえ》ってきた。

14 最高《さいこう》にハッピーな日《ひ》！

フェルドマン夫妻《ふさい》とニュートン夫妻《ふさい》は、そりゃあおどろいただろうね。帰宅《きたく》してリビングに入《はい》ったら、ふたりの警察官《けいさつかん》と見知《みし》らぬ男《おとこ》の子《こ》がいたんだもん。

ニュートンさんの奥《おく》さんがおどろいて固《かた》まっていると、ドルー巡査《じゅんさ》はすぐさま立《た》ちあがって、奥《おく》さんにいすをすすめる。

「大丈夫《だいじょうぶ》ですよ、奥《おく》さん。シッターのおじょうさんたちが、ちょっとしたトラブルにあいましてね。でも、心配《しんぱい》はいりません。お子《こ》さんたちは無事《ぶじ》ですよ」

「それは良《よ》かったですわ」

「ジェイミーたちは、キッチンで夕食《ゆうしょく》を食《た》べています」

とまどう奥《おく》さんを安心《あんしん》させようと、私《わたし》は付《つ》けくわえた。

「クラウディア、クリスティ、いったい何《なに》があったの？」

奥《おく》さんがたずねる。

「あんたのボーイフレンドの話《はなし》でしょ」

クリスティが説明《せつめい》してくれるといいなって思《おも》いながら、私《わたし》はクリスティに向《む》かってささやく。

「警察《けいさつ》を呼《よ》んだのはクラウディアでしょ」

クリスティは、あきれたような顔《かお》をして答《こた》えた。

どうやら私《わたし》が説明《せつめい》するしかないみたい。フェルドマン夫人《ふじん》はキッチンへ子《こ》どもたちの様子《ようす》を見《み》にいったけど、ニュートン夫妻《ふさい》とフェルドマンさんは、私《わたし》たちの答《こた》えを待《ま》っていた。

「えっと……」

私《わたし》が切《き》りだす。

「みなさんが出《で》かけてから、おかしな電話《でんわ》が三本《ばん》かかってきたんです。電話《でんわ》に出《で》ても相手《あいて》は何《なに》も言《い》いませんでした。昨日《きのう》の夜《よる》、どろぼうに入《はい》られたゴールドマン家《け》と同《おな》じ状況《じょうきょう》だったんです。そして、私《わたし》たちが夕食《ゆうしょく》を食《た》べていると、外《そと》で物音《ものおと》がしました。リビングへ行《い》ってみると、窓《まど》の外《そと》にだれかいたんです。それで警察《けいさつ》を呼《よ》びました」

「ありがとう。正《ただ》しい判断《はんだん》よ。責任《せきにん》をしっかり果《は》たしてくれたのね」

ニュートンさんの奥《おく》さんが言《い》う。

「そしたら不審者《ふしんしゃ》だと思《おも》った相手《あいて》は、クリスティをスパイしに来《き》たあいつだったんです」

私《わたし》はアランの方《ほう》を向《む》く。

「まあ、不審者《ふしんしゃ》じゃなくて何《なに》よりじゃないか」

ニュートンさんの旦那《だんな》さんがやさしい言葉《ことば》をかけてくれる。

すると、ドルー巡査《じゅんさ》が立《た》ちあがった。

「そろそろ、私《わたし》たちは退散《たいさん》します。帽子《ぼうし》を取《と》ってくるとしよう」

その声《こえ》をききつけたジェイミーは、すぐにリビングにかけこんできて、ドルー巡査《じゅんさ》に帽子《ぼうし》を手《て》わたしした。

「ありがとう、ぼく。それから君《きみ》は、私《わたし》たちといっしょに来《き》てもらおう」

巡査《じゅんさ》がアランに向《む》きなおる。

「オレ？」

青《あお》ざめた顔《かお》のアランが、ごくりとつばをのみこんだ。

「この人《ひと》、つかまるんですか？」

クリスティがたずねる。

「ちがうよ、家《いえ》まで送《おく》っていくだけさ。車《くるま》の中《なか》でプライバシーや電話《でんわ》の正《ただ》しい使《つか》い方《かた》について話《はな》すつもりだよ。警告《けいこく》をあたえるということだね」

「はい、わかりました」

アランが安心《あんしん》したようにていねいな返事《へんじ》をする。

「クリスティ、また明日学校《あしたがっこう》で。じゃあな、クラウディア」

警察官《けいさつかん》の後《うし》ろについて玄関《げんかん》を出《で》る途中《とちゅう》、アランがふりむきざまに言《い》う。

「じゃあね」

私《わたし》とクリスティは、そろってあいさつを返《かえ》した。

「ねえクリスティ。あの人《ひと》って、悪《わる》い人《ひと》なの？」

玄関《げんかん》ドアがしまって、ジェイミーがクリスティにたずねる。

「ほんのちょっとだけね」

クリスティの表情《ひょうじょう》はやわらかい。

「なあ、クッキー・サプライズは？」

ロブがキッチンから私《わたし》を呼《よ》んでいる。

「もちろんあげるよ。みんなすっごくいい子《こ》だったもんね」

クリスティと私《わたし》は、約束通《やくそくどお》り子《こ》どもたちにデザートを用意《ようい》した。チョコチップクッキーの上《うえ》に、アイスクリームをちょっとだけのせてあげたんだ。

そして、私《わたし》たちの帰《かえ》る時間《じかん》になった。

外《そと》は暗《くら》くなっていたから、ニュートンさんが車《くるま》で送《おく》ってくれようとしたんだけど、私《わたし》たちの家《いえ》はすぐ近所《きんじょ》だし、ふたりで歩《ある》いて帰《かえ》ることにしたの。私《わたし》はクリスティと話《はなし》がしたかったしね。

「それで？」

通《とお》りへ出《で》ると、私《わたし》はクリスティに話《はな》しかけた。

「何《なに》が？」

「いったいどうしちゃったのよ？　今《いま》までずっとアランをきらってきたのに。心《しん》底《そこ》、いやがってたよね。ついこの前《まえ》も、そう言《い》ってたじゃない。夏休《なつやす》みが開《あ》けた先月《せんげつ》から、ずっとグチってたじゃん。アランが後《うし》ろにすわっているなんて……ほら、アレみたいで地味《じみ》にイヤって」

「帽子《ぼうし》をぬいだときの、ぺしゃんこ頭《あたま》？」

「そう、それ」

「まあね。でもアランってさ、ママが言《い》ってた男子《だんし》そのものなんだもん。今《いま》まであたしは信《しん》じてなかったんだけど」

「なんの話《はなし》？」

「好《す》きな子《こ》に意地悪《いじわる》しちゃう男子《だんし》がいるっていう話《はなし》。たしかにアランはいやなやつだなって思《おも》うときもまだあるし、今夜《こんや》のことについては、少《すこ》しこらしめてもらった方《ほう》がいいと思《おも》う。すっごくこわかったんだもん。あいつも同《おな》じ目《め》にあわせてやりたい。でもね、クラウディア――」

クリスティは立《た》ちどまって私《わたし》の方《ほう》を見《み》る。

「――あたしのことを好《す》きな男子《だんし》がいたんだよ！」

クリスティはいったん話《はなし》をやめて、また歩《ある》きだしたかと思《おも》うと、混乱《こんらん》したような顔《かお》で、こう続《つづ》ける。

「それにアランって、よく見《み》るとカッコいい方《ほう》だよね。あいつのやってきたことって、中《なか》には笑《わら》えるものもあったと思《おも》うし……まあ、ある意味《いみ》ではね」

なるほど。男《おとこ》の子《こ》に興味《きょうみ》がわいてきたんだね。私《わたし》はニッと笑《わら》った。

「ステイシーと私《わたし》が男《おとこ》の子《こ》と話《はな》したり、ランチをいっしょに食《た》べたりする気持《きも》ちもわかったでしょ？男《おとこ》の子《こ》は私《わたし》たちとなかよくしたいの。女《おんな》の子《こ》といがみあいたいわけじゃない。それに、ダンスにさそわれるのって、うれしいものでしょ？」

クリスティは、とまどった様子《ようす》でうなずいた。

「なんか、こういうの、よくわかんないよ」

クリスティがぽつりと言《い》う。

「こんなの、メアリー・アンにはどう説明《せつめい》したらいい？　それに、ああっ、どうしよう。ダンスパーティーの準備《じゅんび》をしているところなんて、チャーリーやサムに見《み》られたら何《なに》を言《い》われるか……」

「そんなこと言《い》ったって、もう約束《やくそく》しちゃったんだからね。いい？　メアリー・アンだって、わかってくれると思《おも》うよ。準備《じゅんび》はステイシーと私《わたし》とで手伝《てつだ》ってあげる。だから心配《しんぱい》しないで」

「ありがとう、クラウディア。また明日《あした》」

私《わたし》たちの家《いえ》の前《まえ》に着《つ》いたところで、クリスティが言《い》う。

私《わたし》はせいいっぱい明《あか》るい声《こえ》で「バイバイ」って言《い》ったんだ。

通《とお》りを横切《よこぎ》りながら、私《わたし》の頭《あたま》の中《なか》にうずまいていたのは、エミリーとドリアンがハロウィン・ホップに行《い》くっていうこと。ステイシーもたぶん、本命《ほんめい》のサム・トーマスとは無理《むり》だろうけど、ハロウィン・ホップに行《い》くっていうこと。そして今《いま》や、クリスティまでもがハロウィン・ホップに行《い》くっていうことだった。

メアリー・アンはあいかわらずハロウィン・ホップを気《き》にしていない。

でも私《わたし》は、行《い》きたいのに行《い》けない。私《わたし》がハロウィン・ホップにいっしょに行《い》きたい男《おとこ》の子《こ》は、私《わたし》のことを知《し》らないんだもん。ひざの上《うえ》にゼリーを落《お》としてきた女《おんな》の子《こ》っていう以外《いがい》は。

玄関《げんかん》ドアを開《あ》けて、ミミと両親《りょうしん》にただいまを言《い》ってから、私《わたし》は自分《じぶん》の部屋《へや》へと向《む》かった。ドアをしめて、ベッドに寝《ね》そべる。

しばらく落《お》ちこみたい気分《きぶん》。ペン立《た》てにかくしておいたソルトウォーター・タフィーをひとつ取《と》りだす。

タフィーをくちゃくちゃかみながら思《おも》いにふけっていると、だれかが部屋《へや》のドアをノックした。

今《いま》はだれとも話《はな》す気分《きぶん》じゃないんだけどな。でも、ミミとなら話《はな》せるかも。

「だれ？」

ドアの向《む》こう側《がわ》に向《む》かってたずねると「ジャニーンよ」っていう返事《へんじ》が返《かえ》って

きた。

あぁっ、もうっ。こんなときに、ジャニーンとなんて話《はな》したくない。

「今《いま》は話《はな》せない！」

「話《はな》した方《ほう》がいいと思《おも》うわ。緊急《きんきゅう》なの」

「えっ……わかった。どうぞ」

緊急《きんきゅう》だなんて言《い》われたら、開《あ》けるしかないよね。ジャニーンとの時間《じかん》を作《つく》ることにもなるし、ミミはほめてくれるはず。

ジャニーンはすばやく私《わたし》の部屋《へや》へ入《はい》ると、静《しず》かにドアをしめ、ベッドのはしにちょこんとこしかけた。

「ニュートン家《け》に警察《けいさつ》が来《き》ていたわよね？　何《なに》があったの？」

ジャニーンがたずねる。一個目《こめ》を食《た》べおわらないうちに、私《わたし》はもうひとつタフィーを口《くち》に放《ほう》りこんだ。

「なんだろうねえ」

私《わたし》は話《はなし》をはぐらかそうとした。

「クラウディア……」

ジャニーンが警告《けいこく》するように私《わたし》の名前《なまえ》を呼《よ》ぶ。はぐらかすのは無理《むり》そう。

「なんで知《し》ってるの？」

「大学《だいがく》からの帰《かえ》り道《みち》、ゴードンさんが車《くるま》で送《おく》ってくださったの。そのときに、ニュートン家《け》からパトカーが出《で》ていくのを見《み》かけたわ。パトランプを光《ひか》らせていなかったし、おおごとじゃないんだろうけど、気《き》になって。一応《いちおう》、ママとパパにはまだ話《はな》していないわ」

「話《はな》してないの？」

ちょっと意外《いがい》。思《おも》わずききかえしちゃった。ジャニーンはチクリ魔《ま》ってわけじゃないけど、こういうときは、すぐママとパパに報告《ほうこく》しそうなんだもん。

それなのに、ニュートン家《け》でのトラブルを私《わたし》がかくしたがっているかもしれないって想像《そうぞう》してくれたなんて。

「ええ、話《はな》してないわ」

ジャニーンが首《くび》を横《よこ》にふる。

「えっと、ありがとう。まあ、ママとパパに知《し》られても大丈夫《だいじょうぶ》なんだけどね。あとで話《はな》そうと思《おも》ってるし。でも、まず私《わたし》にきいてくれてありがとう」

「いったい、何《なに》があったの？　私《わたし》に最初《さいしょ》に話《はな》してくれない？」

ジャニーンがたずねる。

「もちろん、いいよ！」

私《わたし》はガバッと起《お》きあがって、熱《ねっ》ぽく返事《へんじ》をした。ジャニーンが私《わたし》のために話《はなし》をきこうとしてくれてる。そんな気《き》がして、うれしかったんだ。

「タフィー、食《た》べる？」

「いっしょに話《はな》して相手《あいて》を理解《りかい》する」っていうミミの言葉《ことば》を思《おも》いだしながら、私《わたし》はめったにない、この姉妹《しまい》っぽい時間《じかん》を思《おも》いっきり楽《たの》しもうって思《おも》ったんだ。

「いいわね」

ペパーミント味《あじ》のタフィーをわたしてから、私《わたし》はニュートン家《け》での出来事《できごと》を話《はな》した。

「それでね、私《わたし》はごっそり……」

「『こっそり』でしょ」

「……なんでもいいけど……とにかくリビングに行《い》ってみると、窓《まど》の外《そと》に人《ひと》がいたの！」

「それから、どうしたの？」

ジャニーンの黒《くろ》いひとみがかがやいている。

「警察《けいさつ》を呼《よ》んだわ」

「パニックにならなかったの？」

「うん。すぐ電話《でんわ》に一直線《いっちょくせん》」

私《わたし》はそのあと起《お》きたことを全部《ぜんぶ》、ジャニーンに話《はな》してきかせた。

「すごいわね。すごく勇気《ゆうき》がある」

感心《かんしん》したようにジャニーンが言《い》う。

「そうなの……かな。あのときは、勇気《ゆうき》があるとか感《かん》じるよゆうはなかったけどね。とにかくクリスティと私《わたし》とで、子《こ》どもたちを守《まも》らなきゃって思《おも》ってた」

「あなたを本当《ほんとう》にほこりに思《おも》うわ」

「ジャニーンが？」

「そうよ。あなたが私《わたし》の妹《いもうと》だなんて、鼻《はな》が高《たか》い」

ジャニーンが、そんなふうに私《わたし》のことを思《おも》ってくれるなんて、すごくうれしい。

「うわあ。私《わたし》……その、ありがとう。……ねえ、ジャニーン？」

「なあに？」

「私《わたし》の部屋《へや》へ来《き》て、こんなふうにおしゃべりすることがほとんどないのは、どうして？」

「あなたが『だまって』とか『あっちへ行《い》って』とか『余計《よけい》なお世話《せわ》』って、いつも言《い》うんじゃない」

「だって、頭《あたま》の良《よ》さをひけらかす、えらそうな大学教授《だいがくきょうじゅ》って感《かん》じで話《はな》してくるんだもん。小《ちい》さいころはいっしょに楽《たの》しく遊《あそ》べたのに。あのころのジャニーンは子《こ》どもらしい話《はな》し方《かた》だったし」

ジャニーンがまゆをひそめる。

「今《いま》の私《わたし》の話《はな》し方《かた》、大学教授《だいがくきょうじゅ》みたい？」

「ううん。でも……でも、いつもは、知《し》りたくもないことを、ペラペラ話《はな》してくる。恐怖《きょうふ》のプロセスとかさ。そんなの、だれが興味《きょうみ》あるの？」

「私《わたし》よ。私《わたし》にとっては興味深《きょうみぶか》い話題《わだい》なの」

「私《わたし》は興味《きょうみ》ない」

「じゃあ、何《なに》に興味《きょうみ》があるの？」

「えっと、ミステリーにこわい話《はなし》でしょ、あとはベビー・シッターと絵《え》かな」

ジャニーンはうなずいて、こう言《い》った。

「ということは、今夜《こんや》の出来事《できごと》は、あなたにとって刺激的《しげきてき》だったというわけね」

「そうなの！」

「部屋《へや》へ入《い》れてくれて、話《はなし》ができてうれしかったわ」

「私《わたし》もだよ」

「こういうふうに話《はな》せる機会《きかい》を、もう少《すこ》しふやしてもいいかもしれないわね？」

ジャニーンの声《こえ》は、少《すこ》し緊張《きんちょう》しているみたいだった。

「そうだね。この部屋《へや》には他《ほか》にもたくさん、おかしをかくしてあるしね」

私《わたし》がそう言《い》うと、ジャニーンがにっこり笑《わら》ったの。

「いいこと教《おし》えてあげる。実《じつ》は私《わたし》もおかしをかくしているの」

「ジャニーンも？」

「ええ。悪癖《あくへき》よね」

アクヘキがなんのことかわからなかったけど、たずねなかった。

「へえ！　意外《いがい》だよ！」

「あなたの知《し》らない私《わたし》の一面《いちめん》は、まだまだ、たくさんあるわよ」

「私《わたし》にだって、あるよ」

「ねえ。ママとパパに、今日《きょう》のことをいっしょに話《はな》しにいきましょうよ」

「いいよ」

今日《きょう》のことを話《はな》すと、ママもパパもミミも、私《わたし》のことをすごくほこりに思《おも》うって言《い》ってくれたんだ。

そのあとで、ジャニーンが数学《すうがく》の最後《さいご》の見直《みなお》しを手伝《てつだ》ってくれたの。明日《あした》はテストだからね。

すべてが順調《じゅんちょう》にいっていた。私《わたし》がベッドに入《はい》るまでは。

ベッドに入《はい》った私《わたし》は、今日《きょう》のことをふりかえってゾッとしちゃったの。

この数週間《すうしゅうかん》、クリスティへの無言電話《むごんでんわ》をかけていたのがアランだったとしたら、私《わたし》にかかってきた電話《でんわ》もアランからだったなんて、おかしくない？　アランはクリスティをハロウィン・ホップにさそいたくて電話《でんわ》してたんだもん。

じゃあ、私《わたし》あての無言電話《むごんでんわ》は、だれがかけてきてたの？　もしかして、私《わたし》、怪《かい》盗《とう》サイレンスにねらわれてる？

まさかね。何秒《なんびょう》か考《かんが》えたけど、そんなこと、ありえない。怪盗《かいとう》サイレンスは人《ひと》じゃなくて、宝石《ほうせき》をねらってるんだもん。まして宝石《ほうせき》すら持《も》っていない人《ひと》をねらうはずがない。

ミステリー小説《しょうせつ》の探偵《たんてい》、ナンシー・ドルーなら、どう考《かんが》えるだろう？　ナンシーはきっと、手《て》がかりを分析《ぶんせき》するはず。手《て》に入《い》れた情報《じょうほう》すべてを見《み》なおすはずだ。えーっと……クリスティに不審《ふしん》な電話《でんわ》がかかってきた。私《わたし》にも不審《ふしん》な電話《でんわ》があった。クリスティに電話《でんわ》をかけていたのは、ひそかにクリスティを想《おも》っていたアランだと判明《はんめい》した。ということは、私《わたし》にかけてきた相手《あいて》も男《おとこ》の子《こ》かも！　私《わたし》に恋《こい》してそうな子《こ》ってだれだろう？　リック？　可能性《かのうせい》はあるかな。それともハーウィ？　もっと手《て》がかりが必要《ひつよう》だ。そんなことを考《かんが》えながら、私《わたし》は寝返《ねがえ》りをうってねむりについた。


このミステリーは、翌日《よくじつ》の午後《ごご》に解決《かいけつ》した。

しかもその日《ひ》は、記念《きねん》すべき日《ひ》になったんだ。

まず、数学《すうがく》のテストがあった。すっごくていねいに問題《もんだい》を解《と》いたから、テストを提出《ていしゅつ》するのが最後《さいご》になっちゃった。

手《て》ごたえはよくわからなかったけど、私《わたし》はベストをつくした。「ベストをつくした」なんて、めったに使《つか》わない言葉《ことば》だよ。

そしたら、なんと、帰《かえ》り際《ぎわ》にロッカーで会《あ》ったピーターズ先生《せんせい》が、私《わたし》にこう言《い》ったの。

「おめでとう、クラウディア！」

「なんのことですか？」

　私《わたし》は警戒《けいかい》しながらたずねる。

「ランチの時間《じかん》にテストの採点《さいてん》を始《はじ》めたんだ。今《いま》のところ君《きみ》がトップの成績《せいせき》だよ。点数《てんすう》が知《し》りたいだろうと思《おも》ってね。君《きみ》は八十六点《てん》だ」

「本当《ほんとう》ですか？　八十六点《てん》？　それって、B《ビー》ですか？」

「A《エー》かB《ビー》か、B《ビー》プラスか……全員分《ぜんいんぶん》の採点《さいてん》が終《お》わらないと決《き》められないがね。ずいぶんとがんばったじゃないか。テスト用紙《ようし》から君《きみ》の努力《どりょく》が伝《つた》わってきたよ。その調子《ちょうし》でがんばりなさい」

「そうします、はい、がんばります！　ありがとうございます！」

やった！　私《わたし》だってがんばればできるんだ！　ジャニーンやミミにも感謝《かんしゃ》しな

きゃ。

うれしいことは、それだけじゃなかった。

学校《がっこう》が終《お》わって、マーシャル家《け》でニーナとエレノアのベビー・シッターをしていると、電話《でんわ》が鳴《な》ったの。私《わたし》はビクビクしながら電話《でんわ》を取《と》った。

だれの声《こえ》もしない。

「まったく、もう」

受話器《じゅわき》を置《お》きながら私《わたし》はつぶやく。

「どうしたの？」

ニーナが心配《しんぱい》そうにたずねる。

「ああ、ただの……まちがい電話《でんわ》だよ」

ニーナを不安《ふあん》にさせないよう、私《わたし》は笑顔《えがお》で答《こた》えた。

昨日《きのう》の夜《よる》の推理《すいり》通《どお》りなら、これって、私《わたし》に恋《こい》する男《おとこ》の子《こ》からの電話《でんわ》なの？　こんなの、こわがるどころか期待《きたい》しちゃうよ。お願《ねが》い、もう一度《いちど》かかってきて！

するとすぐに電話《でんわ》が鳴《な》り、私《わたし》はまた受話器《じゅわき》を取《と》った。

「もしもし？　だれなの？　答《こた》えてよ、お願《ねが》い！」

私《わたし》は返事《へんじ》を待《ま》っていた。

「クラウディア？」

少《すこ》ししてから、ききなれない男《おとこ》の声《こえ》がきこえた。

私《わたし》の息《いき》が止《と》まる。

「は、はい？」

声《こえ》の主《ぬし》がせきばらいをする。

「あの、オレ……トレヴァー。トレヴァー・サンドボーン」

「ひぇ、あ!?　あの……」

もうちょっとで気絶《きぜつ》するところだった。波打《なみう》つ心臓《しんぞう》に気《き》づかないふりをして、とっさに電話口《でんわぐち》を手《て》でふさぐと、私《わたし》はニーナに向《む》かってささやく。

「ニーナ、パズルを取《と》ってきて。あとでエレノアといっしょにやろう」

ニーナとエレノアが走《はし》っていくのを見《み》とどけて、電話口《でんわぐち》に当《あ》てた手《て》をはなす。

「トレヴァー？」

通話《つうわ》にもどったものの、まだ信《しん》じられない！

「うん。あの……オレのこと知《し》ってる？」

「うん、知《し》ってる。その、もちろん、知《し》ってるよ。『文学《ぶんがく》の声《こえ》』で詩《し》を書《か》いてるよね」

「ああ、そうだ」

はずかしそうにトレヴァーが答《こた》える。

「オレ、ききたいことがあって……その、もうギリギリになっちゃったけど、できれば……いや、オレとハロウィン・ホップに行《い》ってくれませんか？」

信《しん》じられない。こんなこと、起《お》こるはずない。この電話《でんわ》は『オズの魔法使《まほうつか》い』でドロシーが見《み》ていた夢《ゆめ》みたいに、すっごくリアルな夢《ゆめ》なんだ。

試《ため》しに自分《じぶん》をつねってみる。ちゃんと痛《いた》い。

「もちろん、喜《よろこ》んで！　トレヴァー、ありがとう」

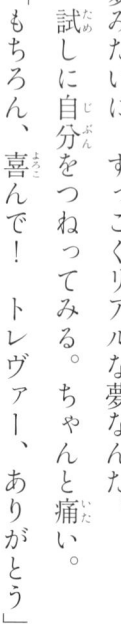

「それって、行《い》ってくれるってこと？」

「うん！」

「そっか、良《よ》かった。じゃあ、また……ハロウィン・ホップで。金曜日《きんようび》の四時《じ》に待《ま》ち合《あ》わせでいい？」

「いいよ。ねえ、トレヴァー？」

私《わたし》には、どうしてもきかなきゃいけないことがあった。

「どうして私《わたし》がここにいること、知《し》ってるの？　ここは私《わたし》の家《いえ》じゃないのに」

電話《でんわ》の向《む》こうのトレヴァーが固《かた》まっている。

「えっと……アラン・グレイからきいたってことになるのかな」

「……なるほど」

「し、知《し》ってるだろ、アランとベビー・シッターのノートのことは。アランがノートを持《も》ちだして、クリスティのシッター先《さき》をチェックするたびに……君《きみ》のシッター先《さき》を書《か》きうつしてオレにわたしてくるんだ。オレが君《きみ》のことを好《す》きだって、アランは知《し》ってたから。前《まえ》に書《か》いた君《きみ》とオレの詩《し》をアランに見《み》られたんだ」

「詩《し》？　私《わたし》たちの？」

「そう……」

「それ、まだ持《も》ってる？」

「まさか」

トレヴァーがきまり悪《わる》そうに言《い》う。

「とっくに捨《す》てたよ。すごくはずかしかったんだ。アランに詩《し》を見《み》られて、みんなの前《まえ》でからかわれたんだ」

「なるほど。それでアランに気《き》づかれたってわけね」

「うん。アランはオレをからかったこと、反省《はんせい》してた。それで君《きみ》のシッター先《さき》を教《おし》えてくれるようになったんだ。アランなりのおわびだったんだよ。オレは君《きみ》にあやまらなきゃいけない。本当《ほんとう》に悪《わる》かった、クラウディア。アランから夕《ゆう》べのこと、きいたよ。オレをまきこみたくなかったから、アランは警察《けいさつ》の前《まえ》で、オレがクラウディアに電話《でんわ》したことを言《い》わないでいてくれたんだ。でもそのあと、家《いえ》に帰《かえ》ったアランから電話《でんわ》で言《い》われちゃったよ。なやんでないで、君《きみ》とのこと、ちゃんとカタをつけろってね。オレの電話《でんわ》でこわがらせちゃって、ごめんな。君《きみ》となかよくなりたいんだ。ずっと前《まえ》から君《きみ》のことが気《き》になっていたのに、話《はな》しかける勇気《ゆうき》がなかった」

「いいのよ、トレヴァー。こうして今《いま》、話《はな》しかけてくれたんだもの。うれしいわ。私《わたし》もあなたと、なかよくなりたい。じゃあ、金曜日《きんようび》にね」

そう言《い》って私《わたし》は電話《でんわ》を切《き》った。すごい！　トレヴァーも私《わたし》のことが気《き》になってたなんて！　これで私《わたし》もハロウィン・ホップに行《い》ける！　なんて日《ひ》なの！

「ふたりとも！」

私《わたし》はニーナとエレノアを呼《よ》んだ。

「みんなでお祝《いわ》いしよう。外《そと》へ行《い》くからコートを着《き》てきて。コーンに入《はい》ったアイスクリームをごちそうしてあげる！」

そして私《わたし》たちはいっしょにお祝《いわ》いした。

あんなにおびえていた電話《でんわ》の正体《しょうたい》が、実《じつ》はトレヴァーで、しかもいっしょにハロウィン・ホップに行《い》けるなんて！　こんなにハッピーな日《ひ》、うまれて初《はじ》めて！

15 これからも四人《にん》で

ハロウィン・ホップは最高《さいこう》だった！

クリスティとアランもいたし、ステイシーとピートもいた。

ステイシーは楽《たの》しそうにしてたよ。ピートがサムのことをわすれさせてくれたんじゃないかな。

メアリー・アンは参加《さんか》しなかったけど、本人《ほんにん》は何《なに》も気《き》にしていないみたい。

ハロウィン・ホップ前日《ぜんじつ》の木曜日《もくようび》の夜《よる》、ステイシーとクリスティと私《わたし》は、おたがいの家《いえ》を回《まわ》って、着《き》ていく予定《よてい》の服《ふく》を確認《かくにん》しあったの。

私《わたし》たちは全員一致《ぜんいんいっち》で、仮装《かそう》しないことにした。だって、おしゃれで大人《おとな》っぽい雰囲気《ふんいき》に見《み》せたかったんだもん。

ステイシーと私《わたし》はなやみになやんで、バギージーンズと新《あたら》しいバルキーセーターを着《き》ていくことにした。

クリスティはというと、ジャンパースカートと赤《あか》いタートルネックっていう、子《こ》どもっぽい服《ふく》を用意《ようい》していたの。

私《わたし》もステイシーも、あのコーディネートを思《おも》いとどまらせることはできなかったけど、当日《とうじつ》のアランにとっては、そんなことはどうでもよかったみたい。

クリスティとステイシーと私《わたし》がパーティー用《よう》の服《ふく》に着《き》がえて、大急《おおいそ》ぎで体育館《たいいくかん》に到着《とうちゃく》すると、クリスティを待《ま》っていたアランは、トレヴァーやピートと同《おな》じく満面《まんめん》の笑《え》みをうかべていたんだ。

私《わたし》は上着《うわぎ》をコートかけにかけてから、トレヴァーといっしょに飲《の》み物《もの》の置《お》かれたテーブルの前《まえ》で、電話《でんわ》のことや赤《あか》いゼリー事件《じけん》のことを話《はな》して笑《わら》ったの。

ひとしきり話《はな》しおえると、私《わたし》たちはいっしょにおどった。正直《しょうじき》なところ、トレヴァーはダンスが上手《うま》いとは言《い》えなかったし、私《わたし》も得意《とくい》じゃない。

でもね、とにかく私《わたし》たちは楽《たの》しい、ていうか、すっごく楽《たの》しい時間《じかん》をすごした。

これからもっとおたがいのことを知《し》って、なかよくなりたいな。

次《つぎ》の月曜日《げつようび》に返《かえ》ってきた数学《すうがく》のテストは、八十六点《てん》でB《ビー》プラスだった！

夕食《ゆうしょく》のときに、このうれしいニュースを家族《かぞく》に伝《つた》えたの。

「ブラボー！」

パパは大喜《おおよろこ》び。

「ほこらしいわ」

ママも同《おな》じだ。

ジャニーンは立《た》ちあがって、そっと私《わたし》をだきしめてくれた。

「私《わたし》のクラウディアなら、できるってわかっていたわ」

ミミが温《あたた》かい笑《え》みをうかべて言《い》う。

その二日後《かご》、怪盗《かいとう》サイレンスが警察《けいさつ》につかまったの。今度《こんど》はちゃんと本物《ほんもの》の怪《かい》盗《とう》サイレンス。

マーサーにある、ジョンソン・ニューステッター夫妻《ふさい》っていうお金持《かねも》ちの宮殿《きゅうでん》みたいなお屋敷《やしき》で現行犯逮捕《げんこうはんたいほ》された。

でも、まだ解決《かいけつ》できていない事件《じけん》があるの。それは、ゴールドマン家《け》の事件《じけん》。

怪盗《かいとう》サイレンスはストーニーブルックには行《い》っていないと供述《きょうじゅつ》しているから、警察《けいさつ》はゴールドマン家《け》の事件《じけん》が模倣犯《もほうはん》のしわざだったと結論《けつろん》づけた。

その模倣犯《もほうはん》はつかまってないけど、怪盗《かいとう》サイレンスがつかまってしまった以上《いじょう》、もう同《おな》じ手口《てぐち》をまねしようなんてだれも思《おも》わないよね。きけんすぎるもん。

これを受《う》けて、メアリー・アンがベビー・シッターズ・クラブにもどってきた。パパといっしょにニュースを見《み》ていたメアリー・アンは、すぐさまベビー・シッターの仕事《しごと》にもどれるようお願《ねが》いしたんだって。メアリー・アンのパパは、それをゆるしてくれたんだ。


そしてむかえたミーティングの日《ひ》。私《わたし》たちは怪盗《かいとう》サイレンスの逮捕《たいほ》をお祝《いわ》いした。

炭酸飲料《たんさんいんりょう》とポテトチップスの大《おお》ぶくろ、ピーナッツ入《い》りm&m's《エムアンドエムズ》の大《おお》ぶくろ、それからステイシー用《よう》にリンゴ一個《こ》とクラッカーひと箱《はこ》を用意《ようい》した。

「怪盗《かいとう》サイレンス騒動《そうどう》から、ようやく解放《かいほう》されたよ。また四人《にん》で活動《かつどう》できるね」

そう言《い》うとクリスティは、頭《あたま》をのけぞらせて手《て》につかんだm&m's《エムアンドエムズ》を顔《かお》の上《うえ》から口《くち》の中《なか》へ落《お》としいれる。

「うん。これからもどんな問題《もんだい》が起《お》きたって、このクラブなら乗《の》りこえられる」

私《わたし》はそう言《い》うと、ダイエット炭酸飲料《たんさんいんりょう》の缶《かん》を四本《ほん》開《あ》けて、みんなに回《まわ》した。

「クラブの成功《せいこう》をいのって！」とステイシー。

「私《わたし》たちに」とメアリー・アン。

「怪盗《かいとう》サイレンスに」ってクリスティがふざける。

そして最後《さいご》に私《わたし》が言《い》う。

「ベビー・シッターズ・クラブに乾杯《かんぱい》！」

作　アン・M・マーティン

ニューヨーク州北部在住。「ベビー・シッターズ・クラブ」は、累計売上1億8,000万部を超える大人気シリーズ。そのほかの作品に『宇宙のかたすみ』(アンドリュース・クリエイティヴ)、「アナベル・ドール」シリーズ(偕成社)がある。

訳　山本祐美子

映像翻訳者としてリアリティショーやドキュメンタリーなどの字幕を手がける。ジョージア州在住。

絵　くろでこ

三重県出身。小説の装丁や挿絵を中心に活動。主な作品に『渡会くんの放課後恋愛心理学』、『6年B組サイコー化計画!』(ポプラ社)、「あおいのヒミツ!」シリーズ(KADOKAWA)など。

ベビー・シッターズ・クラブ

クラウディア、なりたい私《わたし》になる!

2024年9月　第1刷

アン・M・マーティン　作
山本祐美子　訳
くろでこ　絵

発行者　加藤裕樹
編　集　百瀬はるか
発行所　株式会社ポプラ社
〒141-8210
東京都品川区西五反田3-5-8
JR目黒MARCビル12階
ホームページ　www.poplar.co.jp
印刷・製本　中央精版印刷株式会社
デザイン　長﨑 綾(next door design)

N.D.C.933/271p/19cm　ISBN978-4-591-18307-6

P4900388